COLLECTION SÉRIE NOIRE

Créée par Marcel Duhamel

Parutions du mois de mai

11. DANS LA PEAU
(JAMES CAIN)

17. LE PETIT CÉSAR
(RICHARD BURNETT)

27. LES SPAGHETTIS PAR LA RACINE
(ROBERT FINNEGAN)

36. À TOMBEAU OUVERT
(PAUL CAIN)

136. JE SUIS UN TRUAND
(ANONYME)

163. BAS LES MASQUES
(JAMES EASTWOOD)

275. COLÈRE NOIRE
(WILLIAM PETER)

378. LA FEMME À ABATTRE
(JAMES EASTWOOD)

379. TIREZ SUR LE PIANISTE
(DAVID GOODIS)

487. CHANTEUR DE CHOC
(RICHARD JESSUP)

522. COUCHÉ DANS LE PAIN
(CHESTER HIMES)

1404. JOUR DE FUREUR
(RICHARD MATHESON)

1407. L'AFFAIRE N'GUSTRO
(JEAN-PATRICK MANCHETTE)

1489. Ô DINGOS, Ô CHÂTEAUX !
(JEAN-PATRICK MANCHETTE)

1575. MORGUE PLEINE
(JEAN-PATRICK MANCHETTE)

1749. LE SALON DU PRÊT-À-SAIGNER
(JOSEPH BIALOT)

1881. LE BOUCHER DES HURLUS
(JEAN AMILA)

1902. LE SOLEIL QUI S'ÉTEINT
(ROBIN COOK)

1919. ON NE MEURT QUE DEUX FOIS
(ROBIN COOK)

1945. MEURTRES POUR MÉMOIRE
(DIDIER DAENINCKX)

1967. LES MOIS D'AVRIL SONT MEURTRIERS
(ROBIN COOK)

1992. HUIT MILLIONS DE FAÇONS DE MOURIR
(LAWRENCE BLOCK)

2042. LA PÊCHE AUX ANGES
(JEAN-BERNARD POUY)

2082. AIX ABRUPTO
(JEAN-PAUL DEMURE)

Parutions du mois de juin

354. BOÎTE À MOUSTIQUES
(HARRY WHITTINGTON)

421. L'ALLUMETTE FACILE
(DAVID GOODIS)

682. LE PRÉ AUX VACHES
(HARRY WHITTINGTON)

875. LA PANNE FANTÔME
(HARRY WHITTINGTON)

1028. SHOCK CORRIDOR
(SAMUEL FULLER)

1136. LONDRES EXPRESS
(PETER LOUGHRAN)

1725. JE VAIS FAIRE UN MALHEUR
(RUSSELL GREENAN)

SAMUEL FULLER

Shock corridor

TRADUIT DE L'AMÉRICAIN
PAR NOËL CHASSÉRIAU

nrf

GALLIMARD

Titre original :

SHOCK CORRIDOR

L'ANTICHAMBRE

— Quel âge aviez-vous quand vous avez éprouvé cette impulsion pour la première fois, monsieur Barrett ?

— Je ne sais pas exactement.

— Il y a certainement eu une première fois, monsieur Barrett.

— Quatorze ans.

— Quatorze ans, monsieur Barrett ?

— Peut-être moins… dix ans. C'est à ce moment-là que ça m'a pris.

— Qu'est-ce qui a provoqué ça ?

— Ses nattes.

— Parlez-moi de ses nattes.

— Elles m'excitaient.

— Continuez.

— Elles m'excitaient… Ça, je vous l'ai déjà dit, hein ?

— Oui.

— J'ai empoigné ses nattes…

— C'est là que vous lui avez fait mal ?

— Je ne lui ai jamais fait le moindre mal.

— Avez-vous tiré sur ses nattes ?

— Je les ai caressées… embrassées…

— Les avez-vous tirées ?

— Vous me prenez pour un fétichiste ?

Une exclamation dépitée suivie d'un violent tumulte retentirent dans la pénombre du cabinet de consultations. Un store se releva brusquement, inondant la pièce de soleil. Johnny Barrett battit des paupières et se sentit rougir, comme un gosse pris en flagrant délit de mensonge.

— Non, Johnny ! Non, non et non ! rugit le docteur Fong en manifestant son mécontentement d'une façon qui n'avait rien d'oriental. C'est à eux d'employer ce mot-là ; pas à vous ! Vous allez avoir affaire aux meilleurs psychiatres du pays et ils se rendront immédiatement compte que vous êtes un simulateur.

D'un air indigné, il prit un cigare dans une boîte chromée posée sur son bureau, en perça l'extrémité avec une allumette et l'alluma.

Johnny le regarda affectueusement en pensant : « Pauvre docteur Fong ! Sur le plan professionnel, il sait qu'il est en train de jouer avec le feu ; mais il ne pouvait pas refuser ce service à son meilleur ami. »

Cathy et Swanson étaient assis à l'autre bout de la pièce dans des fauteuils. Swanson épluchait une mandarine en silence et Cathy avait l'air absent. Son ravissant visage était absolument impassible. Johnny réprima un mouvement d'humeur. À part lui, personne n'avait l'air de trouver que c'était une idée géniale. Mais, au fond, n'était-ce pas toujours comme ça ?

Swanee et Doc Fong avaient fait la Seconde Guerre mondiale ensemble, dans les services de l'Action psychologique. Maintenant, le toubib était devenu un aliéniste en renom et Swanee était le patron de Johnny, le rédacteur en chef du *Daily Globe*. Quant à Cathy…

— Johnny (le docteur Fong s'était repris et s'exprimait d'un ton posé, sentencieux, comme un professeur), le rôle que vous vous apprêtez à jouer sera infiniment plus dur que vous ne pouvez l'imaginer dans vos prévisions les plus pessimistes. Vous n'aurez pas le droit de flancher un seul instant. Ce sera une lutte continuelle entre les aliénés et vous qui êtes sain d'esprit. Quant aux médecins que vous rencontrerez là-bas, il suffira que vous laissiez tomber le masque une fraction de seconde pour qu'ils s'aperçoivent que vous êtes un simulateur. Vous serez sans cesse obligé de leur rappeler que vous vivez sur un volcan de sexualité débridée… Je vous préviens que le docteur Cristo et son personnel s'attendront à vous voir découvrir des symboles partout. (Il leva son cigare.) N'oubliez quand même pas que ceci n'est pas toujours un symbole. (Il sourit.) Parfois, c'est tout bonnement un cigare. (Il retourna s'asseoir à son bureau.) À ton tour, Swanee…

— Tu crois qu'il est au point ? demanda le rédacteur en chef sans quitter sa mandarine des yeux.

— Aussi au point qu'il peut l'être, répondit le docteur Fong.

Swanee hocha la tête et cessa de contempler sa mandarine pour jeter un coup d'œil de l'autre côté de la pièce.

— Eh bien, maintenant, à vous de jouer, Cathy. Tous nos vœux accompagnent Johnny.

Le projet de Johnny reposait entièrement sur Cathy. Il ne pouvait pas en être autrement. Tout dépendait du bon vouloir de la jeune femme. Les trois hommes l'observèrent. Elle se tenait toute droite sur son siège, aussi immobile qu'une statue. Ils ne l'avaient jamais vue aussi pâle. Ses lèvres charnues s'entrouvrirent.

— Il caressait mes nattes... Il embrassait mes nattes... murmura-t-elle d'une voix éteinte. Quelle affaire répugnante ! Qu'est-ce qui se passera s'ils découvrent que je ne suis pas sa sœur ?

— J'en fais mon affaire, grommela Swanee.

Cathy secoua sa tête blonde, se leva et fit le tour de son fauteuil, comme si elle ne savait de quel côté diriger ses pas. Mais elle avait beau se trouver dans un extrême désarroi, la grâce de ses gestes, l'harmonie de ses mouvements trahissaient la danseuse professionnelle.

Elle regarda fixement Johnny, les yeux brûlants de passion.

— Il faut que tu sois fou pour chercher à te faire interner dans un asile d'aliénés sous prétexte de trouver la solution d'un meurtre que la police a classé depuis longtemps.

— Mais, mon chou, lui répondit doucement Johnny, même si je ne découvre pas l'assassin, je pourrai tirer de mon aventure la matière d'un livre, d'une pièce de théâtre, d'un film. Tout le monde espère parvenir un jour au sommet de sa profession. Mon objectif, à moi, c'est de décrocher le prix Pulitzer, et si cette enquête ne me le fait pas décerner, rien n'y parviendra jamais.

— Leur maladie risque fatalement de déteindre sur toi, tu le sais bien, protesta Cathy au comble du désespoir.

— Moi, je t'ai dit exactement la même chose quand tu as commencé à chanter toute nue pour gagner ta vie. Tu te souviens, Cathy ? Mais les milieux interlopes n'ont pas eu de prise sur toi et n'ont pas réussi à te corrompre. Tu es toujours la même, n'est-ce pas ? Eh bien, les dingues ne vont pas m'atteindre non plus.

Swanee toussota.

— Certains reporters se font passer pour des mineurs de fond, pour des maîtres d'école, pour des gangsters… et même pour des femmes à barbe !

— Ceux-là l'ont fait dans un dessein précis, s'écria Cathy, mais pas pour obtenir une consécration journalistique sur la couverture de *Life*, pas dans l'espoir de toucher le montant d'un prix et de voir *Time* et *Newsweek* publier leur photo !

Johnny se cabra sous ces reproches.

— Tout ce qu'on te demande, c'est de jouer ton rôle, Cathy.

Elle étouffa un sanglot.

— Moi, j'en ai assez de jouer le rôle du chœur antique dans l'affreuse tragédie que tu es en train de répéter en ce moment. Si tu tiens absolument à faire parler de toi, pourquoi ne pas te glisser dans une fusée et publier les mémoires d'un astronaute ? Pourquoi tiens-tu tellement à cette salade psychanalytique ?

Johnny essaya de sourire.

— Parce que c'est ce qui plaît au public.

Cathy se redressa, poitrine bombée, ceinture rentrée. Le docteur Fong et Swanee échangèrent de brefs coups d'œil. Fong fit non d'un signe de tête. Cet aspect de l'affaire ne les concernait pas et ils n'avaient pas à intervenir.

— Mark Twain n'a pas eu besoin de psychanalyser Tom Sawyer, rétorqua-t-elle. Dickens n'a pas fait raconter ses rêves à Oliver Twist sous prétexte que celui-ci avait faim. C'est la personnalité de l'auteur qui fait ce que vous appelez dans votre jargon « la bonne copie », Johnny ; pas un tas d'explications farcies de termes médicaux. En ce moment, tu es survolté ; tu cherches à attirer l'attention coûte que coûte. Allons, laisse tomber, Johnny. Ne te prends pas pour Moïse conduisant ton troupeau de cinglés vers le prix Pulitzer. (Sa plastique admirable frissonna de dégoût.) Quand je pense que tu t'apprêtes à jouer toutes sortes de tours avec ton cerveau et à enfourcher ce dada loufoque, moi, j'en suis malade !

Swanee ne put se contenir plus longtemps.

— Ça fait un an qu'on le prépare à enfourcher ce dada !

Johnny acquiesça :

— Et pour que je puisse le monter, il faut que ce soit toi qui le selles, Cathy.

Elle secoua ses longs cheveux.

— Je ne suis plus dans le coup, Johnny.

Il se leva du divan, furieux.

— Nous étions pourtant bien d'accord !

Elle soutint son regard sans fléchir.

— J'ai envie de me flanquer de grands coups de pied quelque part pour me punir d'avoir accepté de te suivre dans ce cauchemar. J'aurais mieux fait d'écraser ton nez hyper-civilisé d'un bon coup de poing bien justifié !

— Cathy, tu es une intellectuelle qui a depuis longtemps passé l'âge des…

— Je t'interdis de m'analyser ! (Elle le défia du regard.) Johnny… j'aime un journaliste normal qui exécute un travail normal. Tu crois que ça m'amuse de chanter dans un beuglant avec un projecteur sur le nombril ? Si je le fais, c'est parce que je suis mieux payée que si j'étais vendeuse ou dactylo. Je mets de l'argent de côté pour que nous puissions mener une vie normale. C'est tout ce que je désire. Mais maintenant, j'ai peur. J'ai peur quand je vous entends parler aussi placidement de ce projet abracadabrant, le docteur Fong, Swanee et toi. J'ai peur que cette histoire à la docteur Jekyll et M. Hyde se retourne contre nous et qu'en fin de compte, ce soit moi qui devienne folle !

Johnny était déchiré. Cathy avait besoin de réconfort, mais il ne pouvait plus se dégonfler maintenant, pas au moment où son projet était si près de se réaliser. Il contempla le mur que les diplômes du docteur Fong recouvraient comme un papier de tenture.

— Il faut absolument que tu joues ton rôle, Cathy. Je ne peux faire confiance à personne, qu'à toi !

— C'est bien ma chance !

Le ton méprisant de la jeune femme fit tourner la tête à Johnny.

— Alors, retourne dans ton boui-boui !

— Ce boui-boui est d'une haute moralité, comparé à ta façon d'envisager ton métier. Hamlet était fait pour Freud, mais pas toi !

Johnny Barrett ne trouva rien à répondre. Cathy rassembla ses affaires et sortit du cabinet en coup de vent. Elle avait disparu depuis longtemps que la porte vibrait encore comme une contrebasse. Le docteur Fong et Swanee attendirent patiemment en guettant la réaction de Johnny. Ils connaissaient tous deux ses sentiments pour Cathy, mais ils savaient aussi combien son projet lui tenait à cœur. Depuis des semaines, il ne parlait plus que de cela.

— Nom de Dieu ! jura Johnny Barrett. Il faut pourtant qu'elle le joue, ce rôle, d'un bout à l'autre ! On ne peut pas se passer d'elle. Avec les femmes, c'est toujours pareil. C'est au moment où on a le plus besoin d'elles…

Son beau visage tout crispé par la fureur, le reporter fouilla rageusement dans ses poches en quête d'une cigarette.

Cette fois, le docteur Fong, en bon Oriental, garda un visage impénétrable.

Swanee avait repris sa mandarine et l'épluchait à gestes lents, en virtuose.

Cathy mit quatre jours à se décider.

Quatre jours de réflexions obsédantes, de doutes lancinants qui sapèrent sa résolution… et quatre nuits d'effeuillage frénétique dans le cabaret où « l'on était mieux payée qu'en étant vendeuse ou dactylo ».

Des femmes de chair dans le plus audacieux des spectacles. Voilà ce qu'annonçait d'un bout de l'année à l'autre l'enseigne destinée à attirer les gogos. Après cette alléchante promesse, l'enseigne précisait : *Avec le concours de Cathy, la strippeuse chantante.* Au-dessous s'étalait une photo grandeur nature de cette prodigieuse beauté. Cathy en personne, un mètre soixante-dix de perfection féminine absolue, incroyable et quasi nue.

À l'intérieur de l'établissement, bruyant et enfumé, c'était tous les soirs le même spectacle lascif. Séance après séance, avec le spot lumineux qui suivait dans tous ses déplacements sa beauté dévoilée. Et tous ces hommes qui fumaient leur cigare en la dévorant des yeux et en la violant par la pensée.

Cathy portait de longs gants noirs qui lui montaient au-dessus du coude. Derrière elle, un grand miroir s'inclinait pour saisir la moindre nuance, le moindre frémissement qu'elle imprimait aux avantages dont la nature l'avait gratifiée au verso !

Le fond de scène, plongé dans une pénombre relative, représentait des cartes à jouer. Rien que des cœurs. Des cœurs écarlates assortis à la frénésie païenne qui secouait l'assistance chaque fois que Cathy chantait et s'effeuillait.

Ce n'était pas cette Cathy-là qu'aimait Johnny Barrett.

Cette midinette aux seins nus n'aurait jamais pu s'intéresser intelligemment au plan de Johnny et le discuter avec une telle maturité d'esprit. Cette adorable bouche, la plus désirable qui soit jamais apparue sous le pinceau d'un projecteur, n'aurait pas pu articuler les mots que Cathy avait prononcés dans le cabinet du docteur Fong. Elle aurait dit : « L'amour ? Freud ? Me fais pas rigoler, Toto. Je m'en tamponne le coquillard. Et quel coquillard, vise un peu ! »

Cathy se déshabillait donc lentement tout en chantant une chanson stupide dont le rythme avait plus d'importance que les paroles. Elle était féline. Elle avait une voix sensuelle, un tempérament sensuel et – ce qui compte encore plus pour se produire dans un cabaret – un corps sensuel. La chanson qu'elle présentait au public était tout imprégnée de volupté.

Sa robe tomba à ses pieds. Les spectateurs en perdirent le souffle. Quand ils le retrouvèrent, ils haletaient bruyamment.

Le corps bronzé de Cathy était orné de décalcomanies représentant de grandes mains d'hommes qui semblaient l'étreindre. Les applaudissements crépitèrent. Ses longs cheveux d'or retombaient en cascade sur sa chair dorée elle aussi.

Cathy était lasse, épuisée par l'anxiété et le chagrin qui la minaient, mais personne n'aurait pu deviner, en la voyant onduler sur la scène et frétiller de la croupe pour la plus grande gloire du burlesque, que Johnny avait disparu depuis quatre jours et quatre nuits.

Elle ferma les yeux, se haussa sur la pointe des pieds et cambra les reins. Ses seins ronds se dressèrent comme s'ils s'étaient animés soudain d'une vie propre et ses cuisses se tendirent, offrant de nouvelles rondeurs, de nouveaux galbes de rêve à tous ces regards masculins. La salle obscure palpita de désir.

Johnny, Johnny, où es-tu ?

La musique continuait sur un rythme lent, obsédant et scandait les incroyables contorsions de la femme qu'aimait Johnny Barrett.

Cathy s'effeuilla et chanta en s'efforçant de rester lucide. Sa silhouette féline, plus proche de la chatte que de la femme, avait une existence à part, mécanique, totalement indépendante et bien éloignée des soucis que brassait son esprit.

Les spectateurs applaudirent à tout rompre et hurlèrent pour en réclamer davantage.

*

À la veille du cinquième jour, Cathy essaya encore de téléphoner à Johnny.

— *Daily Globe*, annonça la standardiste d'une voix chantante.

— Johnny Barrett, s'il vous plaît.

— Il est de repos ce soir, répondit la voix, exactement sur le même ton.

— Alors, passez-moi M. Swanson, demanda Cathy, de guerre lasse.

— La Rédaction, annonça Swanee d'une voix bourrue lorsque la communication fut enfin branchée sur son poste continuellement occupé.

— Swanee… (Elle ravala ses larmes.) Ça fait quatre jours entiers, Swanee…

— C'est bien votre faute, répondit-il durement.

— Pas le moindre signe de vie pendant quatre jours. Vous trouvez ça chic ?

— Si vous l'aimiez, déclara Swanee sans s'émouvoir, vous feriez n'importe quoi pour lui.

Il n'y avait rien à répondre à ça.

Le visage défait, Cathy raccrocha.

Autour d'elle, dans la loge encombrée, les autres strippeuses se préparaient. Elles passaient les accessoires truqués et les robes qui s'ouvrent toutes seules destinés à leur numéro. Cathy contempla son image dans le miroir poussiéreux. Dans la glace apparaissaient des visages enluminés, outrageusement fardés ; des corps poudrés s'agitaient. Les yeux de Cathy s'emplirent de larmes et elle se mit à pleurer. Les autres filles, qui étaient parfaitement au courant de ses ennuis avec son ami journaliste, la laissèrent tranquille.

Cathy était trop obnubilée par son chagrin pour prêter l'oreille à la strippeuse qui se mit soudain à brailler d'une voix outragée :

— Hé ! là ! C'est interdit aux hommes, ici ! Allez, du balai, petite tête !

Elle sentit seulement les robustes mains de Johnny

Barrett se poser sur ses épaules nues et la soulever de son siège. Elle pivota après l'avoir aperçu dans la glace et se blottit dans ses bras. Elle le couvrit de baisers, submergée par la joie et le soulagement. Johnny était revenu ; son Johnny ! Toute la tristesse de Cathy fondait comme neige au soleil sous les lèvres brûlantes du reporter.

— Johnny, Johnny... Je te promets, je vais m'y mettre...

— C'est vrai ? Tu es sûre ?

— Oui, lui chuchota-t-elle à l'oreille. Si c'est vraiment ce que tu désires...

Il acquiesça aussitôt, le visage rayonnant.

— Oui, chérie, c'est mon plus cher désir. Je crois que si je devais y renoncer, j'en crèverais !

Cathy le dévisagea longuement, les yeux encore pleins de larmes.

C'était bien Johnny, son Johnny. L'increvable Johnny Barrett, toujours sur la brèche, qui après avoir débuté dans le métier comme grouillot était devenu, à la force du poignet, un des meilleurs journalistes de la ville, sinon du monde. Comment pouvait-elle avoir douté de lui, avoir cru qu'il ne réussirait pas à faire de son projet l'éclatant succès escompté ?

Elle était incapable de lutter plus longtemps contre lui. Les quatre jours de punition qu'il lui avait infligés pour lui avoir refusé son aide avaient balayé toutes ses craintes, tout son pessimisme. Désormais, ce qu'elle redoutait plus que tout, c'était de perdre son amour.

— Johnny, ramène-moi à la maison. J'ai envie d'être à toi. J'ai envie de te parler, de te serrer à nouveau dans mes bras. Tout mon être te réclame.

Il acquiesça en souriant.

— D'accord. Et ensuite, on décidera de la marche à suivre. Je veux mettre en route ce truc-là immédiatement et sans délai !

Ils le mirent à exécution le soir même.

*

— Qu'est-ce qu'il y a pour votre service, ma petite dame ?

Le lieutenant de police installé à son grand bureau était plongé dans la lecture d'un rapport de la Brigade Criminelle, mais dès qu'il avait aperçu la beauté aux longs cheveux plantée devant lui, il avait opté – une fois n'est pas coutume – pour une extrême courtoisie.

— Je désire porter plainte.

La jeune femme paraissait inquiète. Le lieutenant se douta tout de suite de ce qu'annonçait le préambule.

— Allez-y, ma petite dame, je vous écoute.

— Mon frère n'arrête pas de me persécuter, déclara Cathy. Il veut… coucher avec moi.

Elle avait répété cette phrase plus de mille fois et, pourtant, elle ne pouvait croire qu'elle avait fini par la prononcer pour de bon.

— Quel âge a-t-il ?

Par politesse, le lieutenant faisait comme si Cathy n'avait rien dit de choquant ou d'anormal.

— Trente ans.

— Vous êtes mariée ?

— Non.

— Il habite avec vous ?

— Non.

Un ton professionnel, officiel. Ça facilitait les choses.

— Il vous a déjà attaquée ?

— Il a essayé.

— Est-ce qu'il vous a battue ?

— Oui.

Le lieutenant hocha la tête.

— Avez-vous déjà porté plainte à ce propos ?

« Oh ! mon Dieu ! » Elle fit signe que non.

— Pourquoi ?

— Je... j'avais honte.

— Et maintenant ?

— Il a dit qu'il me tuerait si je refusais de...

Cathy n'eut plus besoin de jouer la comédie. Le mensonge la faisait bredouiller, baisser les yeux.

— Vous êtes prête à signer une plainte en règle concernant le déséquilibre mental de votre frère ?

Cathy put seulement hocher la tête.

— Ce qui reviendra à dire que vous demandez à la police de lui faire subir un examen psychiatrique, expliqua le lieutenant comme si Cathy n'avait pas compris.

De nouveau, elle se contenta d'acquiescer.

— Je ne vous ai pas entendue, Miss.

— Oui.

Le lieutenant introduisit bruyamment une feuille de papier sous le rouleau de sa machine à écrire.

— Nom et prénom de votre frère ?

— John Barrett.

« Oh ! mon Dieu, Johnny ! »

Le claquement des touches de la machine à écrire lui déchira les oreilles comme autant de détonations soulignant sa damnation éternelle. Le lieutenant décrocha un téléphone placé à portée de sa main.

— L'hôpital central ? Le service de psychiatrie, s'il vous plaît… (Il se tourna vers Cathy, le regard indifférent.) Votre prénom ?

— Cathy, chuchota-t-elle.

— Avec un C ou un K ?

Cathy dut déployer des efforts surhumains pour s'astreindre à répondre : « C ». Le lieutenant continuait à taper d'un doigt, tout en parlant au téléphone.

— Docteur Menkin ? C'est le lieutenant Kane, du seizième district.

Cathy ne pouvait plus rien faire. Effarée, elle vit son propre mensonge prendre son essor, foncer à toute vitesse et se muer en pétaradant en une réalité tangible. Le lieutenant continuait d'articuler inexorablement :

— Nom du patient : John Barrett. Tentative d'inceste sur la personne de sa sœur… Aussitôt qu'on l'aura ramassé, on vous l'amène pour hospitalisation d'urgence.

Cathy eut un frisson d'effroi.

Autour d'elle, le cauchemar déroulait ses tentacules.

*

— Vous n'avez pas le droit de me traîner ici sur des racontars de ma sœur ! s'écria Johnny Barrett dès qu'il fut dans le cabinet du docteur Menkin. Je suis reporter au *Globe* ! Téléphonez à mon patron, il se portera garant pour moi, bon sang !

Le docteur Menkin leva la main, les doigts écartés, et fit un signe à l'agent en uniforme planté devant la porte. Cathy était assise en face de lui, sur une chaise. Les yeux dans le vide, elle ne regardait personne, ne voyait rien.

— Nous nous sommes déjà mis en rapport avec M. Swanson, répondit le docteur Menkin avec affabilité. Il vous a délivré ce que j'appellerais un certificat de bonne vie et mœurs…

— À la bonne heure !

— … mais, en l'occurrence, son opinion n'a pas grand poids, du fait que votre sœur a déposé une plainte en règle contre vous.

— Qu'est-ce qu'on peut attendre d'une strippeuse ? demanda Johnny d'un ton méprisant. (Il s'approcha de Cathy.) Allez, sœurette, dis-lui que toute cette histoire n'est qu'un produit de ton imagination.

L'agent de police attendait, sans broncher.

Cathy gardait les yeux fixés droit devant elle. De toute l'assistance, le policier était le seul dont le regard révélât les sentiments. Cathy lisait dans ses pensées comme dans un livre. « Belle fille. Dommage que ce soit son frangin qui ait essayé de se la farcir ! »

— Asseyez-vous, je vous prie, monsieur Barrett.

Le docteur Menkin désigna le siège, devant son bureau. Johnny haussa les épaules et s'assit sans regarder Cathy. Son visage exprimait toujours la vertu outragée.

— Votre père vit encore ? s'enquit aimablement le docteur.

— Non.

— Vous aviez de l'affection pour lui ?

— Évidemment.

— Vous avez des frères ?

— Non.

— D'autres sœurs ? poursuivit le psychiatre.

— Seulement Cathy, répondit Johnny d'une voix émue. Ça me suffit.

— Avez-vous essayé de coucher avec elle ?

Johnny prit un air choqué.

— Vous me posez là une question bien répugnante !

Le docteur Menkin ne manquait pas de patience.

— Nous sommes ici pour vous aider, monsieur Barrett. (Un petit silence.) Vous aimez beaucoup votre sœur, n'est-ce pas ?

— C'est ma sœur.

— Mais vous l'aimez en tant que femme ? insista posément le praticien.

Johnny se mit à rire.

— Vous ne voudriez quand même pas que je la laisse déflorer par le premier corniaud venu !

Le docteur Menkin hocha la tête d'un air compréhensif.

— Les parents ont ces mêmes soucis.

— Vous me comprenez, hein, docteur ?

— Bien sûr… Quand avez-vous éprouvé pour la première fois le désir de faire la cour à votre sœur ?

Johnny fit semblant de réfléchir. C'était le passage le plus délicat. Faire semblant de se rappeler certains détails.

— Il y a un commencement à tout, ajouta le docteur, toujours patient.

— Quand j'avais quatorze ans.

Johnny constata avec satisfaction que le visage placide du médecin s'éclairait. « Regarde comme ses yeux brillent. Il est arrivé à me faire parler et il est tout jouasse, ce sacré Menkin ! »

— Quatorze ans ?

— Peut-être moins. Disons autour de dix ans. C'est à ce moment-là que j'ai eu cette réaction.

Le petit gémissement étouffé de Cathy fut parfaitement perceptible dans le silence du cabinet, mais Johnny ne l'entendit pas. Toute son attention était centrée sur Menkin, dans l'attente de la question cruciale. « Maintenant, se dit-il, si tu me demandes ce qui a provoqué cette obsession, mon article est dans la poche. »

— Qu'est-ce qui a inspiré ce désir ? demanda le psychiatre.

— Ses nattes, répondit aussitôt Johnny.

— Parlez-moi de ses nattes.

— Ça m'a excité.

— Continuez.

— J'étais excité... Je l'ai déjà dit, hein ?

— Oui.

— J'ai empoigné ses nattes...

— Et vous lui avez fait mal.

— Non. Je ne lui ai jamais fait de mal.

— Vous avez tiré sur ses nattes ?

— Je les ai caressées, répondit Johnny avec ferveur. Je les ai embrassées.

L'agent qui gardait la porte se balança d'un pied sur l'autre, l'air gêné. Les yeux de Cathy restèrent fixés sur un point du mur situé au-dessus de la tête du docteur Menkin.

— Les avez-vous tirées ? répéta le médecin.

— Je vous ai déjà dit que je ne lui avais jamais fait aucun mal.

Le médecin se leva de son fauteuil, les sourcils froncés. Johnny l'observa en réfléchissant à toute vitesse. « D'après le scénario du docteur Fong, la prochaine question doit avoir trait aux fétichistes. »

— Savez-vous ce qu'on appelle un fétichiste ?

« En plein dans le mille ! » C'était tellement facile que c'en était risible. Tout marchait comme sur des roulettes.

— Évidemment. Quel rapport ?

Le praticien s'était rassis. Ses yeux exprimèrent l'espoir professionnel que la question suivante allait ouvrir toutes les portes.

— Parmi tous les cas sur lesquels vous avez enquêté en tant que reporter, vous est-il arrivé de rencontrer un homme qui éprouvait une excitation sexuelle intense chaque fois qu'il voyait une femme avec des cheveux longs ? Des cheveux qui retombaient librement sur les épaules ?

— Oui.

— Avait-il des rapports avec ces femmes ?

— Oui. Et après, il les tuait.

Le docteur Menkin parut enchanté.

— Vous ne voudriez pas vous réveiller un beau matin pour apprendre que vous avez tué votre sœur, je suppose ?

— Ah ! non ! s'écria Johnny. Et je ne suis pas un de ces épileptiques qui ont le fétichisme de la chevelure. Mais pour les cheveux de Cathy, évidemment, ce n'est pas la même chose.

Menkin hocha la tête.

— Je comprends, monsieur Barrett.

— Je pensais bien que vous comprendriez.

— L'avez-vous jamais menacée de vous suicider si jamais elle se mariait ? Réfléchissez bien. Avez-vous menacé votre sœur de la tuer si elle refusait de coucher avec vous ?

— Ce n'est pas la même chose.

— Pourquoi ?

— Parce qu'elle n'est pas comme les autres.

— Pourquoi n'est-elle pas comme les autres ?

— Parce que ! rétorqua Johnny en s'agitant sur son siège.

— Parce que quoi ?

Johnny se leva d'un bond, en courroux. Une fureur aveugle avait remplacé son sourire.

— Parce que je l'aime, espèce de crétin ! Je veux qu'elle soit la mère de mes enfants et personne ne nous séparera !

Comme s'il envisageait brusquement la possibilité matérielle d'une telle éventualité, Johnny voulut se jeter sur le psychiatre, par-dessus le bureau. L'agent qui gardait la porte poussa un cri rauque et se précipita.

Johnny martela de ses poings les épaules du médecin en hurlant :

— Cathy ! Cathy ! Cathy… !

Le policeman l'empoigna, le tira en arrière et l'immobilisa d'une clé aux bras. Menkin se laissa retomber dans son fauteuil en se massant les épaules.

Johnny Barrett et Cathy avaient magnifiquement joué leurs rôles. S'ils avaient assisté à la scène, Swanee et le docteur Fong auraient pu les applaudir.

Mais Cathy désormais ne jouait plus la comédie.

Le visage enfoui dans les mains, elle pleurait à chaudes larmes, sans parvenir à réprimer les sanglots qui secouaient tout son être.

*

Le docteur Menkin procéda à tous les tests prescrits par la loi et la technique psychiatrique : tendances émotives et humeurs… Attitude envers les besoins matériels… Attitude envers soi… Dispositions sentimentales… Synthèse de la personnalité…

L'assistant du docteur Menkin entra dans le cabinet du médecin avec une poignée de feuilles d'examen ; il était d'humeur communicative.

— Ce n'est pas croyable, dit-il, ce que cette histoire a pu éprouver sa sœur !

— Depuis combien de temps est-il en observation, maintenant ?

— Huit jours. (L'assistant tendit la liasse de feuillets reliés par une pince métallique.) Ses tests d'associations d'idées… Vous savez, c'est un crack, ce Barrett.

Derrière la porte entrebâillée du cabinet, Cathy attendait patiemment d'être reçue par le docteur Menkin. Lorsqu'elle entendit la voix du médecin et de son assistant et qu'elle comprit de quoi il était question, elle tira de son sac un bloc et un crayon et prit furtivement quelques notes en sténo. Seul son visage trahissait son agitation.

Les notes en sténo aboutirent tout droit dans le cabinet du docteur Fong. Swanee était également présent. Il paraissait pleinement satisfait de la façon dont la situation évoluait et se frottait les mains.

Cathy lisait ses notes à haute voix, sans donner pour ainsi dire d'intonation.

— « … Barrett se trouve actuellement à l'apogée d'un conflit sexuel existant de longue date et résultant de dispositions sexuelles aberrantes liées à des troubles organiques. Ce syndrome est évidemment très courant dans les maladies mentales. Il nous faut résoudre le conflit sexuel sous-jacent. Chaque fois que Barrett désire physiquement sa sœur, il présente tous les symptômes d'une dépression nerveuse. Une crise de schizophrénie aiguë. »

Cathy s'arrêta de lire et regarda le docteur Fong.

— Qu'est-ce que ça signifie ?

Fong lui adressa un clin d'œil.

— Ça signifie que je suis un excellent professeur et Johnny un élève très doué !

— Tout est pour le mieux, en somme ! ricana Swanee.

Cathy tapa du pied.

— Ce n'est pas de ça que je parle ! Cette histoire de dépression ne vous inquiète pas, ni l'un ni l'autre ?

Le docteur Fong parut tomber des nues.

— Quelle dépression ?

— À force de passer tous ces tests, il risque de tomber malade pour de bon.

Swanee grommela :

— Vous avez raison, ça pourrait effectivement être fâcheux. S'il ne tient pas le coup, il va se trahir et se faire éjecter à grands coups de pompes dans le train !

— Au contraire, protesta Fong. Je crois que Johnny a parfaitement assimilé le comportement du malade qui arrive à la limite de la psychose, tel que nous le lui avons ressassé. Et si le juge d'instruction se laisse prendre à son numéro, Johnny sera interné.

— Formidable ! gémit Cathy sans s'adresser à personne en particulier. Et tout ça, grâce à moi. Avec ma petite hache, crac !

Swanee et le docteur Fong la laissèrent alors pleurer sans rien dire.

*

Dans sa chambre, à l'hôpital municipal, Johnny Barrett était plongé dans un cauchemar. Ça n'aurait pas dû être un cauchemar, puisqu'il s'agissait uniquement de Cathy, mais c'en était quand même un.

Elle était en train de faire son numéro de strip-tease. Une brume grisâtre l'entourait et on distinguait seulement la silhouette claire de son corps. Au lieu de chanter, elle parlait, même lorsqu'elle se mettait à dénuder son opulente poitrine et ses longues cuisses dorées.

— Tu étais un amant plein de fougue avant de te lancer dans cette stupide aventure, Johnny. Elle t'a anéanti et a fait de moi une détraquée… Imagine la situation inverse, Johnny… Qu'est-ce que tu dirais si c'était moi qui avais accepté un travail qui nous tienne éloignés l'un de l'autre pendant des semaines ou des mois ? Est-ce que tu m'encouragerais à creuser ce fossé entre nous… ?

Il se retourna dans son lit de l'hôpital cantonal en trempant de sueur les draps rèches et grossiers. L'image de Cathy se mit à chatoyer. Des étendues de chair de plus en plus vastes apparurent. Ses seins ondulaient.

— Le critique théâtral de ton journal a dit que mes cheveux avaient la couleur du chablis et formaient une auréole de volupté au-dessus de mes grands yeux provocants. Il a dit que ma bouche généreuse était la délectable échancrure d'où s'échappait un flot de notes cristallines…

Il gémit dans son sommeil.

— … et que chacun de mes gestes éveillait les désirs exacerbés de tous les spectateurs…

La voix de Johnny lui hurla silencieusement de se taire.

— Assez, Cathy ! Arrête ! Cesse ce jeu !

— Et toi, Johnny, pourquoi ne cesses-tu pas ?

— Tu me manques, Cathy, marmonna-t-il. J'ai une envie de toi qui ne fait que monter et descendre, comme une courbe de température !

Les seins de Cathy se rapprochèrent encore. Sa bouche rouge s'entrouvrit.

— J'ai horreur de la solitude, Johnny…

— Je t'aime, Cathy !

Il essaya de l'empoigner, mais la silhouette frémissante ondoya et s'estompa. Il ne resta plus, pour le torturer, que la voix de Cathy et quelques intervalles de chair nue, affolante.

— Mais tu m'as abandonnée, toute seule, Johnny… J'ai donc le droit de choisir mon compagnon de lit…

— Cathy !

Les doigts de Johnny étaient sans force, inertes, incapables de la saisir.

— Continue… Fais semblant d'être fou… Démasque le type qui a tué ce dément… Tu auras ton exclusivité sensationnelle, tu auras ton prix Pulitzer… Mais moi, tu ne m'auras pas… n'est-ce pas, Johnny ?… Qu'est-ce que tu préfères, Johnny ?…

— Cathy ! Ne t'en va pas !

Il s'éveilla dans les ténèbres et le silence absolu, en se rendant compte, simplement, qu'il avait mal dormi. Le corridor, sur lequel donnait sa cellule était plongé dans la pénombre. On n'entendait pas un bruit.

Johnny Barrett se mit à trembler.

Ruisselant de sueur, les yeux fixes, il respirait péniblement. À ce moment-là, il aurait donné n'importe quoi pour une cigarette.

Il sourit tristement dans la nuit.

Il aurait même renoncé au projet qu'il avait naïvement échafaudé pour résoudre le mystère de l'assassinat de Sloan, ce pensionnaire de l'hôpital psychiatrique sauvagement poignardé dans les locaux mêmes de l'asile.

Sloan dont l'assassin courait encore.

Sloan dont l'assassin devait obligatoirement être un hôte de l'hôpital… malade, infirmier ou employé… et qui risquait de tuer encore.

LE CORRIDOR

Wilkes, l'infirmier, fut la première personne qui permit à Johnny Barrett de faire vraiment connaissance avec l'hôpital psychiatrique de l'État. Johnny avait déjà visité des prisons, des pénitenciers et des asiles d'aliénés. Pour lui, les grands murs gris, les quartiers cellulaires et les interminables corridors ressemblaient à bien d'autres. Pour lui, l'établissement n'avait pas encore de personnalité. Seul, Wilkes en avait une. L'infirmier se montra sympathique et loquace, tout en conduisant Johnny à la salle qu'on lui avait attribuée.

Johnny portait déjà l'uniforme des internés : chemise de toile grise et pantalon assorti. Le tissu était grossier et rêche. La tenue de Wilkes, symbole de son autorité, constituait apparemment l'uniforme normal des infirmiers : chemise blanche, nœud papillon noir, pantalon blanc et chaussures blanches. Un sifflet se balançait au cordon qu'il portait au cou. Le trousseau de clés qu'il avait dans la poche était attaché à sa ceinture par une longue chaîne brillante. Wilkes tenait sous le bras le dossier de Johnny dont on lui avait exposé les grandes lignes de vive voix.

— Quotient intellectuel : cent quarante. C'est excellent, ça, monsieur Barrett. Ça correspond à une intelligence supérieure. Parfois mal orientée ; mais nous verrons cela. Demain, le docteur Cristo décidera du traitement qui vous convient le mieux.

Il s'exprimait exactement comme un moniteur ou un guide chargé d'organiser les distractions des estivants dans une villégiature des Catskills.

— Je n'ai rien à dire contre la douche, mais pourquoi m'a-t-on fait encore passer une visite médicale ? J'en avais déjà passé une à l'hôpital municipal, dit Johnny.

Wilkes sourit.

— C'est le règlement, vous savez. (Il ajouta alors, sur le ton de la confidence :) Vous savez ce que c'est. Nous avons quelqu'un, ici, qui a un Q.I. de cent soixante-dix !

— Le docteur Cristo ?

— Non, un malade.

Johnny se mit à faire fonctionner ses méninges à toute vitesse : trois malades avaient assisté au meurtre qu'il se proposait de tirer au clair, un ancien soldat, un étudiant noir et un prix Nobel de physique, le professeur Boden. Il y avait de fortes chances pour que ce soit Boden qui ait un Q.I. de cent soixante-dix.

— Cent soixante-dix ? C'est presque le niveau du génie, non ?

— C'est le niveau du génie, confirma Wilkes.

— Et vous dites que c'est un malade ?

— Il y a de tout ici, monsieur Barrett, conclut tristement Wilkes.

Johnny remonta son pantalon. Wilkes retrouva son sourire.

— Il va falloir vous habituer à vous passer de ceinture, de bretelles et de lacets de souliers !

— Je n'ai jamais aimé porter une ceinture.

— Très bien ! C'est comme ça qu'il faut prendre les choses.

Ils arrivèrent devant une porte grillagée qui coupait le labyrinthe des couloirs. Wilkes fit arrêter Johnny devant un autre infirmier dont l'uniforme blanc faisait ressortir le teint olivâtre, les sourcils touffus et les yeux soupçonneux.

— Un nouveau pensionnaire, Lloyd, John Barrett.

Lloyd consulta un registre.

— Salle B, lit n° 2. (Avec sa clé, il ouvrit la porte grillagée et dévisagea Johnny.) Barrett, hein ?

Johnny se raidit. Lloyd était méfiant, antipathique. Au cours de ses années de reportage, Johnny avait souvent rencontré cette attitude chez les gens qu'il allait interviewer. Il flaira une certaine animosité et se tint aussitôt sur ses gardes.

— Alors c'est vous, le journaliste au Q.I. de 140, hein ? Vous avez donc oublié votre machine à écrire.

— Mollo, mollo, Lloyd, lui recommanda Wilkes.

Lloyd fit la grimace.

— Le dernier journaliste que j'ai eu dans mon service se prenait pour Benjamin Franklin et, à lui tout seul, cette grosse tête m'a causé plus d'enquiquinements que…

Wilkes s'interposa.

— Allez, venez, monsieur Barrett.

— Vous autres, journalistes, vous êtes des simulateurs, reprit Lloyd en regardant fixement Johnny.

Johnny détourna les yeux. Au fond de lui-même, un

signal d'alarme se déclencha : « Il va falloir que je me méfie de ce crétin-là. »

La porte grillagée donnait sur un long corridor.

Il était éclairé par le plafond et la verrière formait une bande de lumière qui semblait se prolonger à l'infini. L'attention de Johnny fut attirée par un étrange bourdonnement totalement différent de tout ce qu'il avait entendu jusque-là. À côté de lui, Wilkes toussota.

— Vous arrivez à l'heure où l'on fait copain-copain.

La scène était quelque peu insolite. Johnny se rendit compte qu'il la contemplait avec des yeux ronds. Certains malades formaient de petits groupes ; d'autres étaient assis sur les bancs délavés ou à même le sol, en tailleur, comme des Hindous sur la place du marché. C'était un spectacle déprimant. De tous ces êtres uniformément vêtus de toile grise émanait le bourdonnement à peine perceptible qu'il était si difficile de reconnaître.

— Les malades dont la conduite est satisfaisante, expliqua Wilkes avec une volubilité née d'une longue pratique, sont autorisés à se réunir dans ce corridor. Ils l'appellent « La Rue ». Pour eux, c'est une occasion de se faire de nouveaux amis. Les femmes ont également leur rue. Avant, je travaillais au quartier des femmes, mais la salle des nymphomanes était devenue trop dangereuse pour moi !

Johnny l'entendait à peine. Il était fasciné par tous ces visages tournés vers lui, le nouveau venu, ces visages exactement semblables à ceux que lui avait dépeints le docteur Fong, les uns tragiques, certains sournois, d'autres souriants. Il y en avait où se lisait une vive curiosité ; plusieurs étaient absolument impénétrables. Certains avaient un air provocant comme pour mettre

Johnny au défi de faire une remarque. Mentalement, il les classa dans les diverses catégories que lui avait enseignées le docteur Fong : paralysie catatonique... cyclothymie en phase dépressive... cyclothymie en phase d'excitation... paranoïa... schizophrénie... psychose perverse frisant la manie homicide...

« Et moi, Johnny Barrett, qui suis atteint d'hébéphrénie ou démence précoce et souffre d'hallucinations sexuelles et de désagrégation mentale ! Oh ! Cathy, quel reportage ça va faire !... »

Wilkes le fit avancer au milieu des malades. Ce fut comme unc décharge électrique. Certains patients se cachèrent la figure ; d'autres écarquillèrent les yeux. Quelques-uns s'esquivèrent dans un autre coin du corridor, mais le brouhaha de leurs murmures ne cessa pas un instant de bourdonner comme un poste de radio réglé au volume le plus faible. Johnny dut réprimer un accès de peur et de répulsion qui menaçait de prendre le pas sur la pitié.

« De quoi se cachent-ils, ces fantômes hallucinés ? » se demanda-t-il.

Pourtant son ironie ne l'abandonna pas pendant le trajet qu'il fit alors sous la conduite de Wilkes pour gagner la salle qui allait devenir la sienne. « Pas mal, comme introduction, dit-il : fantômes hallucinés dépourvus de raison, créatures des ténèbres vivant dans le long corridor de l'illusion, vous dont les facultés perdues sont accrochées à la cimaise de la galerie du grotesque... » Non, trop littéraire. Swanee se moquerait de ce genre de prose. « De la bouillie pour les chats », dirait-il. Si seulement Shakespeare était là pour me donner un coup de main ! Qu'est-ce qu'il faisait dire à Hamlet, déjà ? Ah !

oui… “Mais dans cette folie même, il y a une méthode…” Une méthode ? Quelle méthode ? Ces gens-là ne vivent plus sur la même planète que nous ! »

— Nous y voilà, annonça Wilkes.

La porte de la salle B était percée d'un judas. Lorsque Wilkes la poussa, Johnny aperçut une pièce déserte tout en longueur, qui contenait six lits, trois de chaque côté. Wilkes lui désigna celui qui se trouvait le plus près de la porte.

— Voici votre lit.

— Je suis le seul dingue de ce dortoir ?

— Non, monsieur Barrett. Vos compagnons de chambre sont en ce moment dans « La Rue ». Je vous signale que nous n'employons jamais des expressions telles que : cinglé, loufoque, timbré, siphoné ou dingue. Nous vous serions reconnaissants de ne pas les utiliser non plus.

Johnny comprit que ce reproche partait d'un bon sentiment.

— Excusez-moi. Comme interné, je suis encore un bleu.

— Vous êtes un malade, pas un interné.

Johnny haussa les épaules.

— Nous sommes pourtant dans un asile de fous, non ?

Wilkes sourit.

— Dans un hôpital psychiatrique où l'on s'occupe d'hygiène mentale. Dès que le docteur Cristo vous aura pris en main, vous ne serez plus le même homme. Le service du docteur Cristo est l'un des plus réputés d'Amérique.

— Au fond, ma place n'est pas ici, déclara brusquement Johnny.

— Je comprends. (Le visage de Wilkes était toujours aussi amical.) Mais vous ne ferez pas de scènes, n'est-ce pas ? Comme le jour où vous avez attaqué le psychiatre de l'hôpital municipal ?

— Je me suis oublié.

— Nous sommes là pour vous aider à ne pas vous oublier.

Johnny hocha la tête.

— Je peux téléphoner à ma sœur ?

— Non, je regrette.

— J'ai faim, déclara soudain Johnny.

— Lloyd vous indiquera votre place au réfectoire. (Il vit le visage de Johnny se crisper.) Qu'est-ce qui vous arrive ?

— Lloyd, c'est ce gardien qui m'a traité de menteur ?

— Ce n'est pas un gardien, répondit Wilkes en contenant son impatience. C'est un infirmier, comme moi.

Johnny déclara alors d'une voix blanche :

— Lloyd n'a pas l'air de me blairer…

— Ne vous souciez pas de lui, dit Wilkes d'un ton paternel. Il est toujours hargneux comme ça. Il a une façon à lui de s'attaquer à tout le monde parce qu'il n'arrive pas à guérir ses malades.

Sur ces mots, Wilkes s'en alla en faisant un petit signe d'adieu. Johnny se dirigea vers le lit qui était désormais le sien et s'assit pour réfléchir. Il avait quantité de questions à régler avant de commencer à jouer au détective. Il n'arrivait pas à comprendre comment il avait pris l'habitude toute nouvelle de se parler continuellement à lui-même, comme s'il était obligé d'entretenir une conversation avec un tiers invisible, le véritable Johnny Barrett, celui qui ne faisait pas semblant d'être fou.

« Eh bien, ça y est, Johnny, tu as réussi. Te voilà dans la place. Maintenant, récapitulons : un malade appelé Sloan a été assassiné dans cet asile de dingues. Dans la cuisine, avec un couteau à découper. Les empreintes digitales avaient été effacées, ce qui prouve que le type qui a fait le coup est sain d'esprit… sans doute un membre du personnel. Mais un fou aurait également pu effacer ses empreintes dans une période de lucidité. »

Johnny regarda les trois fenêtres grillagées qui laissaient pénétrer un peu de jour dans la salle B.

« Je me demande qui occupe le lit voisin du mien ? Peut-être le type qui a saigné Sloan. Ce serait une situation digne d'O'Henry, non ? Coucher à côté de l'objet même de mon reportage ! »

Il cessa de réfléchir à haute voix et ses pensées prirent le mors aux dents. O'Henry n'avait jamais vécu une aventure pareille. Pas plus que Maupassant. Pauvre Cathy ! Dire qu'elle avait tenté à la dernière minute de se dégonfler en arguant de ses angoisses de femme, et avec ses arguments de femme ! Il fallait quand même une sacrée dose d'imagination pour mettre sur pied un plan comme celui-là, non ? Cathy n'arrivait pas à comprendre que, si jamais ça marchait, ce reportage allait faire un bruit du tonnerre de Dieu. Cathy… Johnny chassa de son esprit le souvenir de son adorable visage.

La salle B était silencieuse. D'un bond, Johnny se remit debout et arpenta la pièce en attendant que ses compagnons de chambre fassent leur apparition. Son petit démon intérieur recommença à le travailler.

« Dire que j'ai envie de devenir un grand journaliste depuis que ma voix a commencé à muer ! Et voilà que ce corridor est la voie magique qui va me conduire au prix Pulitzer ! »

Il avait repassé la porte et contemplait les internés massés dans le corridor.

« Peut-être qu'en ce moment, c'est l'assassin que je regarde ! »

Les visages des malades ne lui apprirent rien. Chacun d'eux n'était qu'une tache grisâtre, indistincte, un élément de la masse commune. Johnny maîtrisa sa nervosité et essaya de récapituler une fois de plus toutes les données du problème.

Toutes les coupures de presse figurant dans le dossier de l'affaire aux archives du *Globe*, s'accordaient sur un point : on avait trouvé trois malades à côté du cadavre de Sloan. Interrogés séparément, chacun de ces trois hommes avait commencé par déclarer que c'était lui qui avait commis le crime ; puis chacun avait accusé les deux autres. L'un d'eux avait même prétendu être Sloan en personne. Par la suite, ils avaient tous juré que Sloan n'avait jamais existé. Que pouvait faire la police, sinon jeter au panier leurs dépositions et reconnaître qu'elle se trouvait devant une énigme insoluble ? Cela n'avait d'ailleurs aucune importance, puisque l'assassin était sûrement l'un de ces trois malades et qu'il était enfermé à double tour derrière les murs d'un asile.

L'assassin de Sloan était-il fou ou sain d'esprit ? Pourquoi avoir assassiné un pauvre dingue inoffensif comme Sloan ? La police elle-même avait été incapable de découvrir un mobile valable. En dépit de tout ce que lui avait appris le docteur Fong, Johnny ne pouvait trouver de réponse à aucune de ces questions.

Un médecin de haute taille, vêtu de blanc, s'avançait dans le corridor et passa devant la porte de Johnny.

« Nous avons bien fait de ne pas mettre les médecins de l'asile dans la confidence. L'un d'eux pourrait être l'assassin. C'est peut-être le toubib qui vient de passer. Doc Fong prétend que personne ne peut savoir à quel moment un fou bénéficie d'une période de lucidité. Ma tâche va donc consister à en prendre un et à ne plus le lâcher une seconde, pour être sûr d'être présent quand il aura une lueur de raison. »

Il y avait donc trois témoins : Stuart, Trent et Boden. L'un d'eux (ou les trois ensemble) avait tué Sloan. Un ancien G.I., un étudiant noir et un prix Nobel de physique. Telle était la liste des suspects !

Johnny ne se rendit compte qu'il était revenu s'asseoir sur son lit que lorsque la porte de la salle B s'ouvrit brusquement. Sur le seuil, bouchant toute l'entrée, une montagne de viande l'observait en silence. C'était un colosse aux épaules énormes surmontées d'un crâne minuscule.

— Comment allez-vous ? tonitrua le nouvel arrivant. Je m'appelle Pagliacci [1].

— Enchanté. Moi, je suis Johnny Barrett.

Ils se serrèrent la main. Celle de Pagliacci avait la force d'un étau.

— Soyez le bienvenu à la salle B.

Pagliacci n'en dit pas davantage. Il traversa la pièce, se laissa tomber sur son lit, s'empara d'une revue toute froissée et se mit à lire comme si Johnny n'existait plus. Contrairement aux prévisions de Johnny, le lit ne s'effondra pas.

1. En italien : Paillasse. Titre d'un drame lyrique de Leoncavallo (1892).

Johnny venait de s'apercevoir que le magazine était une revue musicale quand la porte s'ouvrit de nouveau. Un deuxième pensionnaire entra. Il avait bien l'air d'avoir soixante-dix ans. Négligeant son lit, il alla s'accroupir en silence dans un coin de la pièce et dissimula son visage tout ridé derrière un chandail.

Un troisième malade arriva en traînant les pieds et s'écroula sur son lit avant que Johnny ait pu se faire une opinion sur lui.

Deux autres entrèrent alors d'un pas vif, s'assirent de part et d'autre de la petite table en bois blanc placée au centre de la pièce et se mirent à jouer aux cartes sans dire un mot. Ils étaient tous deux ternes et falots.

En levant les yeux, Johnny croisa le regard de l'hercule qui l'observait d'un air ironique.

— Si vous comptiez sur une démonstration d'aliénation mentale, vous allez être déçu, avertit Pagliacci. Le vieux, là-bas, nous l'appelons Mathusalem. Sa mère l'a fait interner à l'âge de dix ans. À cette époque-là, l'hôpital n'était encore qu'une baraque en planches. Depuis soixante ans, il n'a adressé la parole à personne. Les types qui jouent aux cartes sont les jumeaux Jekyll et Hyde, dédoublement d'une même personnalité. Celui qui est couché souffre d'une mélancolie incurable. C'est comme ça qu'on l'a baptisé. Et vous, pourquoi êtes-vous ici ?

La gorge serrée, Johnny regarda ses compagnons de chambre en luttant contre la terreur panique qui lui ravageait les entrailles.

— Ils prétendent que je suis amoureux de ma sœur !

— C'est gentil, ça, déclara Pagliacci.

Il lui tourna alors le dos et reprit sa lecture.

*

Le réfectoire fut une nouvelle épreuve.

Les pensionnaires étaient autorisés à s'installer quatre par table. Johnny prit place dans une longue file. Chacun se munissait d'un plateau qu'il garnissait en passant devant un comptoir. La pièce était pleine de buée. Les malades étaient silencieux, les traits figés. Johnny eut une impression bizarre. On aurait dit qu'ils avaient tous pris l'engagement tacite de ne pas ouvrir la bouche pendant qu'ils faisaient la queue.

La mangeaille était apportée de la cuisine au comptoir dans d'énormes bassines et sur des plats métalliques.

Lloyd, l'infirmier désagréable, surgit à côté de Johnny au moment où le reporter quittait la file avec un plateau garni.

— Dites donc, vous, le Rouletabille ! Désormais vous vous installerez ici, fit-il en lui désignant une table. Tâchez de vous dégoter une chaise.

— Merci, répondit Johnny en se contraignant à rester poli.

— Faites pas le mariole et on s'entendra bien, tous les deux.

Les autres occupants de la table se révélèrent être Pagliacci, Mathusalem et l'un des jumeaux Jekyll et Hyde. « Mélancolie incurable » était installé ailleurs. Johnny oublia son dîner pour examiner les autres tables.

Il réprima un sursaut en reconnaissant Stuart à la table située juste derrière lui. C'était le témoin numéro un : Ollie Stuart. Il était penché sur son plateau, mais il ne mangeait pas. En tendant le cou, Johnny reconnut le plan de bataille en couleurs étalé devant Stuart. Même de sa place, il pouvait lire le nom de *Gettysburg* [1] en grosses lettres rouges. C'était à prévoir.

« Fils de paysans du Sud. Soldat de deuxième classe en Corée. Fait prisonnier, subit le lavage de cerveau, adopte l'idéologie communiste. Radié des cadres de l'armée. Marotte : joue à la guerre de Sécession. Se prend pour le général Jeb Stuart, héros de l'armée sudiste.

— Mangez donc ! grommela Pagliacci. Vous pourrez voir tout ce que vous voudrez plus tard. Ce n'est pas le temps qui va vous manquer !

Johnny se retourna vers le ragoût disposé sur son plateau, le gobelet de papier posé sur la table et la cuiller de carton. Il la prit et la plia lentement entre ses doigts.

— Les couteaux et les fourchettes sont interdits, lui expliqua Pagliacci. Ils ont peur qu'on se blesse.

Aux tables, les autres pensionnaires mangeaient. L'un d'eux gavait un catatonique à la cuiller, comme s'il s'agissait d'un bébé. Un autre dévorait sa pitance avec autant de voracité qu'un goret. Ce spectacle fit frissonner Johnny. Il y en avait qui regardaient leur ration sans y toucher ; d'autres bâfraient avec une gloutonnerie repoussante.

Le regard de Johnny revint se poser sur Pagliacci, Mathusalem, et « Jekyll et Hyde ». Sa présence semblait les contrarier.

Il baissa les yeux sur son assiette et fit semblant de s'intéresser à son repas.

1. Localité de Pennsylvanie qui fut le théâtre d'une grande bataille en 1863, pendant la guerre de Sécession.

*

La première nuit dans la salle B fut agitée. Un ronflement sonore faisait trembler les murs de la pièce. Tout en se tournant et se retournant sur son lit, les yeux grands ouverts, Johnny examinait les silhouettes de ses compagnons de chambre pelotonnés sur leurs couches respectives. Un rayon de lune filtrait par les fenêtres grillagées. Il régnait dans l'hôpital une atmosphère sèche qui vous donnait l'impression de manquer d'air.

Un bruit bizarre s'ajouta soudain au ronflement. Johnny tendit l'oreille pour essayer de savoir ce que c'était et s'aperçut, avec stupeur, que quelqu'un mastiquait une bouchée. Tous les sens en éveil, il s'assit sur son séant.

Il n'eut pas à chercher bien loin. Assis lui aussi, Pagliacci l'observait en jouant des mâchoires. Avant que Johnny ait pu dire quoi que ce soit, le colosse lui tendit quelque chose.

— Tenez, prenez un chewing-gum.

Dans l'obscurité, sa voix grave faisait l'effet d'une corne de brume.

Johnny prit la tablette et se mit à mâcher, lui aussi.

Pagliacci approuva d'un hochement de tête et tira d'autres chewing-gums de sous son oreiller.

— Prenez-en un autre. Tenez, mâchez donc tout le paquet !

Johnny se laissa convaincre par l'autorité de Pagliacci et se retrouva mâchonnant comme un automate cinq tablettes de chewing-gum.

— Les muscles de votre mâchoire ne vont pas tarder à

se fatiguer, déclara l'hercule. À ce moment-là, cette fatigue se transmettra à vos autres muscles et vous vous endormirez sans même vous en apercevoir. C'est comme ça que je combats les insomnies. Et quand nous dormons, personne ne peut plus distinguer un déséquilibré d'un homme sain d'esprit. Bonsoir, monsieur Barrett.

— Bonsoir, monsieur Pagliacci.

Le remède fut efficace.

Johnny mâcha consciencieusement jusqu'à ce que la saveur de menthe de la gomme ne fût plus qu'un agréable souvenir. La pièce s'obscurcit. Les mouvements de ses mâchoires ralentirent. La fatigue accumulée au cours de cette journée finit par engourdir son cerveau et il sombra dans un sommeil pesant où l'image de Cathy revint l'obséder. Il revit Cathy en train de danser, Cathy lui tendre les bras, Cathy s'en aller. Il entendit Cathy lui dire : « *Tous les hommes me désirent, Johnny. Moi, c'est toi que je désire. Mais toi, tu ne veux qu'une chose : le prix Pulitzer.* »

Et puis Cathy se mit à chanter.

Seulement, la voix n'était pas celle de Cathy.

Johnny fronça les sourcils dans son demi-sommeil.

— *Tu se' Pagliaccio !*

De l'italien. Cathy ne parlait pas un mot d'italien…

Johnny se dressa sur son séant comme un diable qui sort de sa boîte, les yeux grands ouverts, les nerfs à vif.

La pièce était obscure. Les autres malades dormaient, mais Pagliacci était bien éveillé. Planté sur une scène imaginaire dressée entre les lits, il passait alternativement du rire aux larmes en se comprimant la poitrine à pleines mains, dans la posture classique de Caruso.

— *Il nome ! Il nome !* mugit la voix de Pagliacci.

Mathusalem, Jekyll et Hyde, et « Mélancolie incurable » continuaient à dormir. Seul Johnny, angoissé, assistait à la scène.

Il vit le colosse lever les yeux au ciel pour écouter le chœur muet répondre : « *No ! Santo diavolo ! Fa daverro...* »

Mais soudain, Pagliacci bondit avec l'agilité d'un chat et atterrit sur l'estomac de Johnny qu'il écrasa sous son poids en l'emprisonnant dans ses bras immenses. Johnny fut tellement stupéfait qu'il resta sans voix. La prise de Pagliacci était étrangement adroite, mais, de toute façon, son énorme masse suffisait à paralyser Johnny qui agita faiblement la main.

Pagliacci leva alors le bras droit comme s'il était armé d'un poignard.

Ses yeux firent le tour de la pièce et il tendit de nouveau l'oreille pour écouter le chœur d'*I Pagliacci* qui allait éveiller un écho dans son cerveau malade. Johnny lui-même croyait entendre les mots... « *Ferma ! A te ! Que fai ! Di morte negli spasimo lo dirai !* »

Pagliacci mima de nouveau le geste de poignarder Johnny. Son visage luisant de sueur s'éclaira.

— *Soccorso... Silvio ! Nedda !*

Johnny vit une lueur s'allumer dans les yeux de Pagliacci. Le menton du colosse frémit, ses lèvres s'ouvrirent pour répondre : « *Ah ! Sei tu ? Ben venga !* » et il plongea une fois de plus sa dague imaginaire dans le cœur de Johnny. Enfin Pagliacci se leva, libérant de sa masse la poitrine de Johnny. Tout titubant, il pencha la tête de côté pour guetter un dernier message du chœur invisible. Johnny, pétrifié, retenait son souffle. Incapable de faire un geste, il avait l'impression de vivre un cauchemar devenu réalité.

Pagliacci redressa fièrement sa haute taille. Il tremblait de tous ses membres, mais ses yeux luisaient comme des braises dans l'obscurité. Il contempla le poignard qu'il tenait à la main, écarta les doigts et le regarda tomber.

— *La commedia e finita !* claironna-t-il.

La tragédie de Pagliacci prit fin sur cette dernière réplique d'une spirituelle ironie. Le colosse salua en s'inclinant jusqu'à terre. Johnny se surprit à esquisser un applaudissement.

Mais la comédie n'était pas encore terminée. Lorsque le géant leva les yeux vers Johnny Barrett, l'idée fixe qui le consumait ne prêtait nullement à rire.

— Merci, dit-il avec humilité. C'est au milieu de cet air-là que je me suis effondré… comme ça… (Il se laissa tomber en avant avec agilité et, à plat ventre sur le sol, poussa un gros soupir.)… et que je suis mort d'une crise cardiaque due à un excès d'embonpoint.

Il fit semblant de découvrir le poignard invisible, le ramassa et le soupesa au creux de sa grosse main. Johnny, tout en l'observant, se refusait à croire que les autres puissent dormir au milieu de tout ce tapage.

— Le couteau est une arme malpropre, monsieur Barrett. C'est un couteau qui a tué Sloan, dans la cuisine…

Johnny Barrett retint l'exclamation de triomphe qui lui remontait aux lèvres. En se relevant, Pagliacci lança le poignard contre le mur d'en face. Puis il s'essuya les mains.

— S'il y avait tellement de monde à mon enterrement,

c'est parce que les gens voulaient être sûrs que j'étais bien mort.

Il s'assit au bord du lit de Johnny, les yeux dans le vague, sans rien dire. Johnny retrouva sa voix.

— Vous savez qui a tué Sloan avec le couteau ?

Pagliacci ne l'entendit pas. Il était perdu dans ses rêveries.

— J'ai mis très longtemps à tuer ma femme. (Il se pencha vers Johnny.) Vous saviez que l'un des malades de l'hôpital avait été assassiné dans la cuisine avec un couteau de boucher ? Moi, la boucherie me dégoûte profondément. Je ne voulais pas que ma femme meure de la même façon que Sloan ; alors je l'ai tuée tout doucement, à coups de chansons... Et maintenant à moitié enseveli au milieu des grands airs de *Carmen*, de *Don Juan*, de *Paillasse*, de *La Bohème*... je m'ennuie d'elle. (Un gros sanglot secoua son énorme carcasse.) Et vous, est-ce qu'elle vous manque aussi ?

— Oh ! oui, répondit Johnny.

Pagliacci lui saisit la main.

— La distance qui sépare un mari de sa femme est une chose fascinante, n'est-ce pas ?

Avant que Johnny ait pu imaginer une réponse susceptible de le satisfaire, Pagliacci avait poussé un soupir à fendre l'âme et il était retourné vers son lit. Il s'y jeta à plat ventre et se mit à sangloter bruyamment, le nez dans l'oreiller. Johnny, médusé, le regardait. Il y avait quelque chose de merveilleux dans l'abominable scène qui venait de se dérouler.

Pagliacci s'était souvenu du meurtre de Sloan. Ce qui prouvait que les déments ont bel et bien des lueurs de lucidité. Ils peuvent effectivement parfois se rappeler avec précision certains faits isolés.

Johnny songea qu'il ne lui restait plus qu'à se trouver à proximité au moment où ces lueurs illumineraient les cerveaux embrumés de Stuart, de Trent et de Boden.

Il finit par s'endormir, bercé par les sanglots de Pagliacci, les ronflements qui s'échappaient du lit situé dans le coin opposé, et la sarabande d'images et de pensées qui s'entrechoquaient sous son crâne fatigué.

Pour une fois, son sommeil ne fut pas troublé par le visage et la plastique obsédants de Cathy.

LA PORTE

Le cabinet du docteur Cristo était étonnamment clair et ensoleillé. Les graves portraits de Freud, de Jung et d'Adler eux-mêmes ne parvenaient pas à assombrir son ambiance sympathique. Par une grande baie orientée au midi, le soleil matinal baignait la pièce de teintes chaudes.

Johnny Barrett était assis dans le fauteuil en face du bureau du docteur Cristo. Le psychiatre était en train d'étudier son dossier en lisant soigneusement chaque feuillet. Il avait un visage maigre, lisse et agréable. On lui donnait une quarantaine d'années et il semblait très alerte. Johnny se prépara à une rude épreuve. Le docteur Cristo risquait d'être une personne difficile à mystifier.

— Quand j'étais gosse, articula le docteur sans lever les yeux, je voulais devenir reporter. Un grand reporter. Publier l'exclusivité dont tout le monde parle, démasquer l'assassin et finalement épouser la fille du directeur !

Il referma le dossier, le posa résolument sur le bureau et regarda Johnny.

— Je vois que vous avez débuté dans le métier comme grouillot.

— Oui, à quatorze ans.

— Et vous avez subvenu aux besoins de votre sœur.

— Oui.

En son for intérieur Johnny rassembla tout son courage. « Ça y est, se dit-il, on remet ça. »

— Vous avez bien dormi ? demanda aimablement le docteur Cristo.

Johnny sifflota quelques mesures de *Paillasse*.

— J'adore l'opéra, docteur.

Cristo sourit.

— Pagliacci est inoffensif. Barrett, je tiens à vous sortir de là, mais il faut que vous y mettiez du vôtre.

— Je comprends.

— Pourquoi n'avez-vous pas fait preuve de cet esprit de collaboration ce matin, avec mes assistants ?

— Ils cherchent à me faire du mal.

— Et moi, je cherche à vous faire du mal ?

— Ma foi… fit Johnny avec désinvolture, depuis que je suis entré dans cette pièce, je n'ai pas cessé de surveiller vos moindres faits et gestes.

— Vous savez qui je suis ?

— Bien sûr !

— Qui suis-je ?

Aussitôt, la petite voix intérieure de Johnny récita : « Le docteur Cristo. Médecin des hôpitaux et directeur de l'hôpital depuis sept ans. Marié, deux enfants. Passe-temps favori : le golf, parfois un peu de ski à Sun Valley. À publié deux livres sur la schizophrénie. Grand amateur de base-ball, supporter de l'équipe des Yankees. »

À haute voix, Johnny rétorqua :

— Et vous, vous ne le savez donc pas ?

Le docteur Cristo fronça les sourcils. Johnny avait pris soudain un air vague et lointain. Son esprit semblait errer à des centaines de lieues, mais il savait en fait ce qui allait suivre et il était prêt à y faire face. Le psychiatre reprit :

— Est-ce qu'il vous arrive d'entendre des voix ?

— Oui… J'ai mal à la tête… Il faut que vous me fassiez sortir d'ici. Téléphonez à mon journal. Si je ne suis pas là, le journal ne peut pas paraître… Cathy va bien ?

— C'est pour ça que vous êtes ici, John. (La familiarité maintenant. Tous les trucs du métier y passaient.) Pour être sûr qu'elle ira bien à l'avenir. Vous comprenez ?

Johnny fit semblant de se mettre en colère.

— Pourquoi a-t-on relevé mes empreintes digitales ? Je n'ai commis aucun crime !

— Vous n'êtes pas en prison, John, protesta le praticien avec douceur.

— Il m'a dit qu'il ne fallait pas que j'aime Cathy en tant que femme, déclara Johnny en sautant délibérément du coq à l'âne.

— Qui vous a dit ça ?

— Le type de la télé. Il m'a regardé droit dans les yeux et il m'a dit que c'était très laid. Comment pouvait-il le savoir ? Il n'a jamais vu Cathy.

Un éclair de curiosité brilla dans les yeux de Cristo.

— Il vous parle souvent ?

— Chaque fois que j'allume la télé.

— Est-ce que cet homme pourrait être votre père ?

Johnny prit un air plein de suffisance.

— Mon père ne se vexerait pas si je m'amusais avec

Cathy. Et puis, qu'est-ce qu'il ferait à la télé ? Il est mort !

Le docteur Cristo n'insista pas. Il en avait suffisamment entendu pour une première séance. Assez pour prescrire que ce nouveau patient soit conduit à la salle d'hydrothérapie. Ce fut Wilkes, l'infirmier qui avait amené Johnny au cabinet du docteur Cristo pour l'examen préliminaire, qui s'en chargea.

Johnny fut introduit dans une vaste salle carrée complètement dénuée de mobilier, à l'exception de deux rangées de baignoires couvertes et de quelques tables garnies de divers appareils de laboratoire. D'autres malades y étaient déjà réunis. Johnny fit semblant d'être surpris de se trouver au nombre des pensionnaires qui allaient subir cette épreuve. Il arbora un sourire niais, tandis que Wilkes regardait deux autres infirmiers ôter méthodiquement la couverture de toile d'une des baignoires et mettre en marche divers mécanismes.

— Le traitement que vous allez me faire, c'est ce que vous appelez l'hydrothérapie, hein ?

— Exactement, répondit Wilkes.

— Cathy n'est pas encore venue me voir ?

— Votre sœur ?

Johnny hocha la tête.

— Pas encore, dit Wilkes avec une drôle de voix. Elle viendra probablement le jour de la visite.

— De vous à moi, monsieur Wilkes, vous croyez sincèrement que ce traitement destiné à calmer les nerfs contribuera à me faire oublier que j'ai envie de la serrer dans mes bras ?

De son air le plus aimable, Wilkes lui intima :

— Déshabillez-vous, monsieur Barrett. Croyez-moi,

ça va vous délasser énormément. Vous verrez que j'ai raison.

Ce fut tout le contraire ! Loin de le calmer, le contact de l'eau incroyablement glaciale de la baignoire le fit grincer des dents et le rendit fou de rage. Jamais il ne put se rappeler toutes les injures et toutes les menaces qu'il avait proférées en attendant le moment où il fut extrait du bain glacé. Pas plus qu'il n'aurait pu fournir un compte rendu cohérent du tohu-bohu qui régnait autour de lui. On aurait dit une bande de hyènes hurlant de concert !

Au bout d'un temps qui lui parut très long, on le laissa aller au réfectoire. Calmé, glacé et toujours grelottant, Johnny retrouva à leur table Pagliacci et les autres. Lloyd et Wilkes circulaient entre les tables, tels de joyeux camelots, en portant des plateaux chargés de vitamines, de pilules et autres produits du même acabit qu'ils distribuaient à droite et à gauche. Wilkes s'arrêta à leur table et tendit à Pagliacci un sachet cacheté.

— Tenez, prenez votre antispasmodique.

— Je n'en veux pas, c'est pas bon, déclara Pagliacci. Je prendrai celui-ci, le tranquillisant.

Wilkes soupira, posa le plateau et reprit le sachet à Pagliacci. Lloyd était occupé à la table voisine. Wilkes ouvrit le sachet avec son ongle et en versa le contenu dans un gobelet de carton plein d'eau. Pagliacci fit semblant de ne s'apercevoir de rien et Johnny sentit qu'il y avait de l'orage dans l'air.

— Je veux un steak, continua le colosse, un énorme steak bien saignant. Je déteste qu'on me coupe ma viande à l'avance.

Wilkes lui tendit le gobelet.

— Buvez ça.

Pagliacci soupira, mais il prit le gobelet. Au moment où il le portait à ses lèvres, un des malades de la table de Lloyd bondit, arracha le gobelet à Pagliacci en l'éclaboussant et hurla :

— Il a pris mes vitamines !

Pagliacci se dressa en poussant un rugissement de fauve, souleva l'intrus par les coudes et l'envoya rageusement valdinguer dans le réfectoire. Le malheureux percuta Lloyd de plein fouet. L'infirmier s'effondra sur les pensionnaires assis autour de la table, ce qui déclencha une violente réaction en chaîne. L'un des malades refoula brutalement Lloyd qui poussa un juron et lança un coup de sifflet strident. Ce fut la goutte d'eau qui fit déborder le vase. Le réfectoire explosa comme une gargousse, à grand renfort de chaises renversées et de tables retournées. Les gobelets et les assiettes volèrent dans toutes les directions. Quelqu'un entonna une chanson à pleins poumons. Les pensionnaires se mirent à fourmiller aux alentours avec force gestes et force collisions. L'espace d'un instant, Johnny fut complètement désorienté ; puis il repéra Stuart et retrouva ses esprits.

Stuart n'avait pas bougé de sa place. Indifférent au charivari qui l'entourait, il continuait à étudier la carte de la bataille de Gettysburg et à examiner une rangée de gobelets de papier alignés devant lui comme des troupes au combat. Johnny se jeta dans la mêlée en jouant des coudes et réussit à atteindre la table de Stuart.

— Stuart, ordonna-t-il, déplacez vos troupes vers la droite et nous prendrons à revers les forces de McClellan.

L'interpellé releva brusquement la tête. Son visage

juvénile prit un air méfiant et même malveillant. Johnny se pencha sur la carte. Au moment où Stuart s'apprêtait à protester, la bagarre atteignit la table. Un des combattants la bouscula et les gobelets valsèrent. Johnny les rattrapa et les replaça devant Stuart. Un deuxième coup de sifflet retentit.

— Ensuite, reprit Johnny, nous attaquons Antietam et nous enlevons la place.

Stuart se repencha sur les gobelets.

— Quand vous m'adressez la parole, dit-il, appelez-moi « mon général ».

— Un divisionnaire ne dit pas « mon général » à un général de brigade !

Stuart regardait toujours fixement les gobelets.

— Quel divisionnaire ?

— Nathan Bedford Forrest.

Lorsque Stuart leva lentement les yeux, la bagarre s'était un peu apaisée et le chahut avait baissé d'un cran. Les infirmiers étaient en train de rétablir l'ordre et de calmer les pensionnaires. Brusquement, Stuart se dressa, les reins cambrés, les talons joints, et fit un impeccable salut militaire. Johnny lui rendit son salut.

— Repos, Jeb ! ordonna Johnny. Je vous attends au rapport à mon P.C.

Lloyd, livide, venait de se mettre à pousser des rugissements ponctués de coups de sifflet.

— Debout ! Tout le monde debout !

Stuart n'entendait rien, ne voyait rien. Ses yeux brillaient.

— Où êtes-vous bivouaqué, mon général ?

De nouveaux hurlements étouffèrent la réponse de Johnny.

— Où êtes-vous bivouaqué, général Forrest ? répéta Stuart.

— À quinze cents mètres au nord de Gettysburg, répondit sèchement Johnny. Salle B.

La voix de Wilkes s'était jointe à celle de Lloyd pour rétablir l'ordre.

— En avant, marche ! Et que ça saute !

Pour la première fois, Stuart sourit, puis il fit demi-tour et alla prendre place dans les rangs qui se formaient précipitamment. Lloyd, Wilkes et les serveurs affolés rassemblaient en hâte les malades. Johnny se glissa à côté de Stuart en dissimulant mal sa jubilation. La conversation qu'il venait d'avoir avec Stuart était un succès complet. Il commençait à progresser pour de bon.

La solution de l'affaire Sloan semblait plus proche que jamais.

*

Le docteur Cristo accueillit Cathy dans son cabinet avec des sentiments mitigés. Recevoir la sœur d'un malade mental était une chose, mais lorsque la sœur en question avait un visage ravissant, une ligne des plus suggestives et, par-dessus le marché, de longs cheveux blonds de déesse, cela risquait de se transformer en une épreuve extrêmement troublante. Cristo était avant tout un homme…

Il la regarda s'asseoir en face de lui. Elle tenait la tête droite et semblait parfaitement maîtresse d'elle-même, mais son regard anxieux inquiéta le médecin.

— Nous savons qu'il éprouve une passion fétichiste

pour vos cheveux, dit-il à mi-voix. Mais a-t-il jamais essayé de les couper ?

— Une fois.

— Avec un couteau ou avec des ciseaux ?

— Des ciseaux.

— Le jour où il a essayé de vous couper les cheveux, il ne vous a pas embrassée ?

Bercée par la voix monocorde du médecin, Cathy commençait à s'embrouiller.

— Non ! Enfin… Si !

Cristo fit une pause.

— Est-ce qu'il lui est arrivé d'attaquer un homme parce que celui-ci vous avait témoigné de l'intérêt ?

— Oui.

— Vous aimez beaucoup John ?

Pour une fois qu'elle n'était pas obligée de mentir, Cathy répondit avec passion.

— Oh ! oui !

— Plus que comme un simple frère ?

— Qu'est-ce que vous voulez dire ? demanda-t-elle en rougissant.

— Les symptômes de ce genre se développent souvent parce qu'ils ont reçu un encouragement.

Maintenant, Cathy avait les idées trop embrouillées pour comprendre.

— Qu'est-ce que vous voulez dire ? répéta-t-elle.

— J'espère que vous ne m'en voudrez pas de ma franchise, Miss Barrett, mais il y a quelque chose de bizarre dans cette histoire. Vous n'avez pas l'air tellement disposée à nous aider.

Cathy essaya de se ressaisir. Le psychiatre semblait flairer quelque chose de louche dans toute cette histoire.

— Je suis navrée, docteur Cristo. Quand j'ai appris que vous désiriez me voir, j'ai… j'ai supposé qu'il était arrivé quelque chose à Johnny. Je… je ne m'attendais pas à cet…

— Interrogatoire…

— Non.

— Mais c'est le mot qui vous est venu à l'esprit, n'est-ce pas ?

— Oui.

Cristo réprima un froncement de sourcils. Cette jeune femme était cent fois trop belle pour être totalement ingénue. Un jour ou l'autre, quelqu'un avait sûrement essayé de la déniaiser.

— Est-ce que John était jaloux de vous voir vous exhiber en public ?

— Oui, répondit-elle d'une voix blanche.

— Je vous remercie d'avoir bien voulu vous déranger, Miss Barrett. Ce sera tout pour aujourd'hui.

Un soulagement intense illumina le visage de Cathy.

— Je peux le voir, maintenant ?

— Il faudra attendre le jour de visite. Je regrette.

Cathy mordilla ses lèvres rouges.

— Comment se comporte-t-il ?

Les coudes sur le bureau, le docteur Cristo joignit les extrémités de ses doigts.

— Pendant toute la semaine, il a été très renfermé. Il vivait dans son univers personnel. En ce moment, il est à la danse thérapeutique. Je pense que ça l'aidera à sortir de son mutisme, de son isolement.

— La danse thérapeutique ?

— Oui. Nous avons été très satisfaits que John ait demandé de lui-même à assister aux cours.

Cathy, perplexe, ramassa les gants blancs posés sur ses genoux, se leva et prit congé du docteur Cristo.

*

Johnny Barrett avait trouvé que ce cours de danse thérapeutique était une initiative tout à fait originale et intéressante en soi.

D'abord, ça lui ferait toujours passer le temps ; et puis il aurait peut-être l'occasion d'y trouver matière à un reportage sensationnel sur le plan humain. Il avait découvert que des danseuses professionnelles sacrifiaient bénévolement leurs instants de liberté pour apprendre aux malades mentaux qu'ils pouvaient exprimer leurs sentiments refoulés à l'aide de certains mouvements. Voir un aliéné danser le twist, par exemple, n'aurait nullement intéressé Johnny, mais le principe en lui-même ouvrait des horizons qui le fascinaient.

Il y avait là sûrement la matière d'un article. Si vraiment la valse, le fox-trot ou la samba pouvaient soulager un déséquilibré, ça valait un papier.

La jeune femme qui faisait le cours avait bien un physique de danseuse. C'était une brune souple et svelte, aux cheveux longs comme ceux de Cathy. Lorsqu'elle demanda un volontaire pour lui servir de cavalier, Johnny fut le premier à se présenter.

Douze malades, six hommes et six femmes, assistaient à la leçon. Plus Stuart, aussi étonnant que cela puisse paraître ; mais le jeune paysan était seulement là en spectateur. Adossé au mur, dans le fond de la salle, il observait la scène d'un œil impavide et glacial.

Les femmes surprirent Johnny. Elles étaient si peu

féminines, si peu attrayantes… à croire que leur déficience mentale leur avait fait perdre, d'une façon ou d'une autre, leurs caractéristiques sexuelles.

— Un, deux, trois, quatre… scandait la monitrice en faisant virevolter Johnny autour de la piste.

Les malades les imitèrent gauchement.

L'accompagnateur de la jeune femme, un homme entre deux âges au crâne dégarni, tapait sur le piano dans un coin. Tout en dansant, Johnny ne quittait pas Stuart des yeux. Perdu dans son rêve intérieur, l'ex-G.I. semblait écouter le roulement lointain des tambours de la guerre de Sécession.

— Un, deux, trois, quatre, répétait la monitrice tout en valsant dans les bras de Johnny.

Les autres couples les suivaient en singeant tous leurs gestes. Ils guettaient la monitrice et Johnny d'un regard d'aigle, et ne perdaient de vue aucune de leurs évolutions. Johnny continuait à surveiller Stuart du coin de l'œil. Quant au pianiste il tapait comme un sourd sur son clavier.

La monitrice sourit à Johnny. L'intérêt qu'il portait à Stuart ne lui avait pas échappé.

— Qui est-ce donc, ce garçon, là-bas ? demanda-t-elle.

— Stuart. Il ne parle jamais à personne.

— Vous croyez qu'il aimerait danser ?

Elle était tellement désireuse de rendre service ! Candide, jeune et insouciante. Johnny eut soudain une idée.

— Je connais un truc pour le faire danser.

— D'accord, je vous écoute.

— Suivez-moi, vous allez voir.

En valsant, il la conduisit vers le piano tout en s'efforçant d'oublier combien il aurait souhaité avoir Cathy dans ses bras. Mais c'était malsain de penser à Cathy pendant la journée. Très malsain de rêver à cette plastique incroyablement féminine. Pour le moment, il fallait s'occuper exclusivement de Stuart et du reportage.

En arrivant près du piano, Johnny exposa tout bas son projet. La jeune femme sourit et le transmit au pianiste qui acquiesça d'un hochement de tête ; puis ils s'éloignèrent en tourbillonnant. Adroitement, sans changer de rythme, le piano se mit à jouer l'hymne sudiste : *Dixie*. Johnny guetta la réaction de Stuart.

Le jeune homme s'était détaché du mur pour se tourner vers le piano. Ses yeux s'allumèrent.

— Un, deux, trois, quatre, psalmodiait la monitrice.

Stuart commença à battre la mesure avec son pied en se tapotant les cuisses du bout des doigts. Johnny se rapprocha de lui en amenant la jeune monitrice tout près de leur objectif. Elle sourit à Stuart et lui tendit les bras.

Répondant presque instantanément à son appel, Stuart s'avança, enlaça de son bras la taille de la jeune femme et l'emmena loin de Johnny. La musique entraînante de *Dixie* jouée sur un rythme de valse emplit toute la salle Stuart virevoltait fièrement sur la piste.

La danse prit fin lorsque le piano s'arrêta.

Stuart, le visage rayonnant, s'approcha de Johnny.

— J'ai soif, déclara-t-il.

— Je vais vous chercher de l'eau, proposa Johnny.

Il sentait que Stuart commençait à s'habituer à lui. C'était bon signe. Quand on cherche à obtenir des renseignements de quelqu'un, il est préférable qu'il soit bien disposé à votre égard.

La fontaine d'eau fraîche était vide. Johnny commença par jurer entre ses dents, puis résolut d'aller en chercher dans la salle voisine. Il ne fallait surtout pas décevoir Stuart en ce moment.

Au sortir de la pièce où avait lieu le cours de danse, il fit une dizaine de pas dans le couloir, poussa la porte de la salle voisine et pénétra dans un autre univers.

Un univers de terreur et d'épouvante où aucun homme n'aurait jamais dû pénétrer.

Des femmes le regardaient fixement. Des grosses, des maigres, des femmes qui le dévoraient des yeux. Bouche bée, Johnny voulut battre en retraite. L'atmosphère vibrait d'une sorte de fièvre bestiale, étrange.

Il régnait dans la salle une odeur de fauve.

Johnny mit trois secondes à comprendre qu'il s'était fourvoyé dans le quartier des nymphomanes.

Il tenta de repasser la porte à reculons. Impossible. La serrure automatique s'était bloquée en se refermant. Derrière lui retentit un grondement plus animal qu'humain. Il pivota sur lui-même en levant les bras pour se défendre. Des femmes aux yeux en vrille – il avait bien trop peur pour les compter – l'encerclaient avec circonspection. Elles se léchaient les babines de leur langue rouge, leurs yeux luisants brillaient de lubricité. L'une d'elles, une énorme blonde, dénuda sa poitrine en écartant sa chemise à deux mains et se mit à chantonner en regardant fixement Johnny.

Brusquement, la plus maigre de toutes bondit et plaqua un baiser mouillé sur la joue de Johnny. Une rouquine à la poitrine plantureuse la repoussa d'une bourrade et jeta ses bras autour du cou de Johnny. Stupéfait, il essaya d'attirer l'attention en frappant du poing contre la porte close. La horde se referma sur lui.

Le contact moite de toutes ces formes féminines était hallucinant. Des seins lui écrasaient la figure. Des bouches humides se collèrent à ses épaules comme des sangsues, lacérèrent son uniforme. Il sentit des dents se planter dans sa nuque, poussa un cri et cogna à l'aveuglette. Une femme jura. Une autre éclata de rire ; c'était une ravissante nymphomane aux cheveux ébouriffés.

— Il est à moi ! C'est moi qui l'ai vu la première !

— Non ! Non ! Il est à moi ! À moi !

Johnny hurla de toutes ses forces.

Haletant, tirant, poussant à qui mieux mieux, les folles le firent tomber par terre. Elles arrachèrent leurs légers vêtements et l'étouffèrent sous leurs répugnantes nudités. Suffoqué, Johnny sentit sa raison chanceler.

Un visage magnifique se pencha soudain sur lui. Des yeux hallucinés l'implorèrent.

— Tu es à moi, à moi, à moi... Tu es tout à moi...

Une femme poussa alors un cocorico retentissant. La pièce se mit à tourbillonner au milieu d'un concert effréné de glapissements, de halètements, de gémissements de désir. Une marée de femmes déchaînées submergea Johnny Barrett.

Sous l'entassement des corps qui se trémoussaient, il chercha désespérément un peu d'air. L'odeur abjecte de la terreur le suffoqua ; les relents du gâtisme lui donnèrent la nausée.

La splendide nymphomane colla sa nudité contre le visage de Johnny et se mit à l'accabler de coups de seins. Il détourna la tête. Une démente aux yeux sadiques, exorbités, lui laboura le visage avec ses ongles.

Autour de Johnny, tout se mit à tourbillonner dans une ronde frénétique, de plus en plus accélérée, sous les cris rauques des démentes nymphomanes…

LA CELLULE

Johnny Barrett était affalé dans « La Rue » lorsque Stuart le découvrit. Stuart était heureux. Il sifflotait gaiement l'air de *Dixie*. Johnny, le cou et le visage couverts de pansements, le regarda d'un œil morne. Non loin de là, Pagliacci expliquait un des airs de la *Bohème* à un pensionnaire que Johnny ne connaissait pas. Après la frénésie de la veille, Johnny trouvait « La Rue » calme et reposante.

Stuart lui sourit.

— J'ai entendu dire que vous aviez été blessé à Shiloh. Vous êtes gravement touché ? Je vais vous faire préparer des pommes au four par le sergent du mess.

— Je vous remercie. Ça va bien, maintenant. Ma cavalerie, commandée par les colonels Wilkes et Lloyd, m'a tiré d'affaire.

Stuart avait de nouveau l'air absent. Assis à croupetons, il se pencha en avant, les coudes sur les genoux, la tête entre les mains.

— Moi, la dernière fois que j'ai mangé des pommes au four, c'était au Japon.

Johnny dressa l'oreille. *Au Japon*. Il parlait sûrement de la Corée.

— C'est loin de Shiloh, Jeb ?

— Le Japon n'est pas en Amérique. C'est très loin, en Asie. (Il leva un instant les yeux.) Est-ce que le Bouddha est toujours là-bas ?

— Quel Bouddha ? demanda doucement Johnny qui ne pensait plus du tout à ses plaies et bosses.

— Je n'arrête pas de voir le grand Bouddha de Kamakura, dit Stuart d'une voix éteinte. Il a toujours les yeux fixés sur moi. Je voudrais grimper à la hauteur de sa tête, pour contempler tous ces gens qui prient pour mon régiment.

Maintenant, Stuart était visiblement enfermé dans son propre enfer mental. Johnny l'observa attentivement et le sonda tout doucement, comme l'aurait fait un psychiatre.

— Il devait être grand, ce Bouddha, Jeb…

Stuart acquiesça.

— Je n'arrête pas de voir des moines défiler…

Et des tas de petites filles, habillées en geishas, qui se rendent à la prière pour demander à Bouddha de veiller sur moi quand je retournerai en Corée.

— En Corée ?

— J'avais une permission de huit jours. Je l'ai passée au Japon. (Son visage émergea de ses mains et il empoigna Johnny par le devant de sa chemise.) Comment suis-je arrivé dans ce parc d'attractions ?

— Vous ne le savez pas ?

Johnny ne faisait pas un geste, espérant que les malades rassemblés dans « La Rue » se tiendraient tranquilles et ne déclencheraient pas un chahut qui attirerait les gardiens et interromprait le récit de Stuart.

— C'était très haut, très haut. Et ça tournait sans cesse, comme les communistes tournaient autour de nous sur cette colline, en Corée.

Johnny retint son souffle. La Corée était à l'origine de tous les troubles mentaux de Stuart.

— Il y a toutes sortes de jeux, au Japon. Des jouets… des petits trains électriques… un train ! Le Fouji-Yama… Non ! Encore un train ! Encore un train ! Encore…

Il était de nouveau plié en deux, haletant, le visage enfoui dans ses mains. Au bout d'un instant, il releva la tête. Cette fois, son regard était parfaitement lucide.

— On devait faire dérailler un train, en Corée… mais on a été faits prisonniers. Il faisait froid et ils nous ont fait marcher dans la neige… (Pour la première fois, ses yeux virent réellement Johnny.) Qui êtes-vous ?

— Johnny Barrett.

— Vous faites partie de la même unité que moi ?

— Non.

— Où sommes-nous ?

— Dans un hôpital psychiatrique.

— À Tokyo ?

— Aux États-Unis. La guerre est finie depuis des années.

Stuart parut surpris.

— C'est un asile militaire pour les dingues ?

— Non.

— Comment suis-je arrivé ici ?

— Vous ne vous rappelez pas ?

Stuart secoua négativement la tête.

— En Corée, vous étiez devenu communiste, lui dit simplement Johnny.

Il y eut un instant de silence ; Stuart essayait de rassembler ses souvenirs.

— Vous êtes un des dingues de l'asile, hein ?

— Oui, répondit Johnny.

— Tout s'explique. Il faut être sinoque pour me traiter de communiste !

— Ça figure dans votre dossier, Stuart. Vous vous êtes engagé le 6 juin 1951 et vous avez été fait prisonnier le 18 novembre de la même année.

Les joues pâles de Stuart rougirent légèrement.

— C'est des histoires, ça, que je sois devenu communiste !

— Des prisonniers rapatriés ont raconté que vous dénonciez vos compagnons de captivité.

— C'est faux ! rugit Stuart.

— Vous êtes devenu membre du « Kremlin Club » ! reprit Johnny en cherchant à l'accabler au maximum.

— Je vous interdis de me traiter de communiste !

— En 1954, vous étiez toujours derrière le Rideau de Fer.

— Je vous ai dit de la boucler, gronda Stuart en faisant un mouvement pour se remettre debout.

— Vous avez écrit à votre père que les Rouges étaient vos amis.

Stuart se rassit.

— J'ai écrit à papa, moi ?

— Dans votre lettre, vous disiez que la campagne de Corée était une guerre impérialiste américaine organisée par la haute finance de Wall Street.

Stuart éclata de rire.

— Pas d'erreur, mon vieux, vous déraillez. Pourquoi aurais-je écrit à papa, puisqu'il ne sait pas lire ? Il est métayer. Il ne sait ni lire ni écrire. Il… (Un voile de tristesse assombrit son regard.) Je me demande s'il vit encore…

— Il est toujours vivant, assura Johnny.

— Comment pouvez-vous le savoir ? demanda Stuart d'un ton agressif.

— Il a encore votre épagneul feu.

Les yeux de Stuart s'éclairèrent à l'évocation du chien.

— Je me rappelle qu'au moment où je me suis sauvé pour m'engager, j'aidais papa sur une terre qu'il exploitait pour un autre, en compte à demi. Vous avez raison, c'était en 1951, le 6 juin. Le septième anniversaire du débarquement en Normandie. Mais pourquoi je me suis sauvé ? Je me plaisais pourtant bien chez nous… Non, c'est faux, j'y étais malheureux comme les pierres !

Les traits crispés, il défia Johnny du regard, puis se remit à parler.

— Je sais pourquoi je me suis mis du côté des Rouges. Depuis ma plus tendre enfance, mes parents me gavaient de bigoterie au déjeuner et d'ignorance au dîner. Des illettrés, des fanatiques de la religion qui ne faisaient que dégoiser des discours pleins de haine et de rancœur. J'aurais pu aller à l'école, mais papa m'encourageait à manquer tout le temps. Lui, il n'avait jamais été en classe. Pourquoi y serais-je allé ? (Ses yeux s'embuèrent.) Jamais, pas une seule fois, ils ne m'ont donné une raison d'être fier du pays dans lequel j'étais né. Voilà le cancer qu'ils ont introduit en moi. Aucune connaissance de ma patrie, aucune fierté, rien qu'un hymne de haine. Les communistes chinois appellent ça *Njong yie*, les Russes *Nenavidet*.

Johnny le reporter écoutait de toutes ses oreilles. Il était au septième ciel !

— Les communistes, murmura Stuart, m'ont seriné que l'ignorance était la mère de tous les maux. Et en pensant à papa, je me disais qu'ils avaient raison. Il n'aimait personne. Ni maman, ni moi, ni lui-même. J'aurais déserté dans les rangs de n'importe quel ennemi. Les communistes m'ont entortillé parce que j'étais une nouille. Ils m'ont appris tout ce qu'il faut savoir sur les gens, des péquenots aux commissaires du peuple. Ils m'ont procuré une femme qui m'appelait « monsieur ». Ça me donnait l'impression d'être quelqu'un. Je n'ai eu aucun mal à passer de leur côté car ils m'avaient promis que je ne resterais pas ignorant toute ma vie, comme papa…

Il s'arrêta, perdu dans ses souvenirs. Johnny attendit.

— Ils m'ont donné des vêtements à peu près convenables et quand j'ai parlé à la télé, le jour où je suis parti pour la Chine, tout le monde m'a trouvé élégant. C'est ce jour-là que j'ai refusé d'être rapatrié. J'ai reçu un tas de récompenses, du whisky, de la marijuana… Vous vous rendez compte que je me suis fait cravater le premier jour où je me battais, le 18 novembre 1951 ?

Johnny toussota.

— Qu'est-ce qui vous a fait changer d'opinion sur les communistes ?

— Un biffin. (Ce souvenir fit rire Stuart.) Je me suis bien amusé à brandir le drapeau rouge à tour de bras jusqu'au jour où j'ai fait la connaissance d'un vieux dur à cuire qui avait fait la Seconde Guerre mondiale. C'était un sergent de la première division. Il avait combattu en Afrique du Nord, en Sicile, et dans toute l'Europe jusqu'en Tchécoslovaquie. Quand les Rouges l'ont fait prisonnier en Corée, ils l'ont envoyé dans un camp et ils m'ont chargé de lui faire un lavage de cerveau pour le convertir au communisme. (Le sourire de Stuart s'effaça.) Ce sergent – il s'appelait Kolowicz – m'a appris un tas de trucs dont personne ne m'avait jamais parlé. Des trucs qui m'ont fait froid dans le dos. Des trucs qui vous frappent et auxquels on repense le soir en s'endormant. Des trucs qui m'ont fait réfléchir... des trucs que mes vieux auraient dû m'apprendre. Alors, j'ai eu envie de rentrer chez moi.

Johnny attendit. La brèche n'allait plus tarder à apparaître.

— J'ai cessé de jouer au communiste. Ils ont cru que j'avais perdu la boussole et je n'ai pas eu grand mal à me faire rapatrier par le premier convoi de prisonniers échangés. On m'a viré de l'armée ; personne ne voulait plus m'adresser la parole. Les gens m'ont craché à la figure ; papa lui aussi m'a craché à la figure. Les journalistes n'arrêtaient pas de me harceler...

Une fois de plus, Stuart s'enfouit le visage dans les mains. « Maintenant, c'est le moment ! » se dit Johnny.

— Stuart, je voudrais vous poser une question.

— Vous croyez qu'on me laissera sortir d'ici, maintenant que je suis guéri ?

La vue de ce visage plein d'espoir levé vers lui fendit le cœur de Johnny, mais il fallait aller jusqu'au bout.

— Vous avez vu l'homme qui a tué Sloan dans la cuisine ?

L'air stupéfait, Stuart regarda Johnny :

— Bien sûr que je l'ai vu !

— Qui était-ce ?

— J'étais caché sous la table avec deux autres types, raconta Stuart d'une voix bizarre. Qu'est-ce que je faisais sous cette table ? De ma place, je ne voyais pas son visage, mais j'ai remarqué qu'il portait un pantalon blanc. (Les yeux de Stuart se voilèrent et son regard redevint vitreux.) Pantalon blanc ! s'écria-t-il à pleins poumons cette fois. La clôture blanche ! Le mur de pierre !

Ses cris jetèrent le trouble parmi les hommes de « La Rue ». Ils tournèrent vers Stuart des visages inquiets. Pagliacci poussa un grognement sourd. Stuart, les traits crispés, avait sauté sur un banc. Johnny ne réussit pas à le calmer.

— Le général Lee a besoin de nous ! hurlait Stuart. Il faut courir à son secours ! Allons-y ! Écrasons ces salauds de Yankees !

La clameur guerrière qui s'était échappée de sa gorge crispée se répercuta contre les murs du corridor. Les malades réunis dans « La Rue » se contentèrent d'écarquiller les yeux en silence.

Johnny Barrett, lui, ne pensait plus qu'à une chose : il s'agissait d'un pantalon blanc.

L'assassin de Sloan portait un pantalon blanc.

*

Il en parla à Cathy lorsqu'elle vint le voir, le premier jour où les visites étaient autorisées. Cathy, un peu pâle, mais rayonnante de beauté, l'examina attentivement à travers le grillage qui les séparait. Les yeux de Johnny étaient étrangement brillants. Il paraissait surexcité.

Cathy se contraignit à garder son calme en songeant à l'écriteau accroché au-dessus de la porte d'entrée : *Les visiteurs sont priés de ne pas énerver les pensionnaires.* Et puis quoi encore ? D'un bout à l'autre du parloir, Cathy n'entendait que des gloussements, des sanglots, des gémissements de douleur. Venir voir un parent, un amant ou un mari qui avait perdu l'esprit n'avait rien d'une partie de plaisir. Déjà, le spectacle de Johnny la mettait au supplice. Elle aurait voulu le couvrir de baisers, le serrer dans ses bras, lui demander ce qu'il ressentait réellement ; mais Johnny, qui avait pourtant été le plus tendre des amoureux, n'était plus capable de parler d'autre chose que de son sacré reportage !

— L'assassin est un infirmier ou un médecin, murmura-t-il. Stuart n'a pas vu sa tête, mais il a remarqué qu'il portait un pantalon blanc. Dis à Swanee qu'un des deux autres témoins parlera aussi. Je le sens.

Un rire bizarre fusa à gauche. Derrière eux, Wilkes et Lloyd montaient une garde silencieuse et discrète. Cathy réprima un frisson. Elle avait les nerfs à fleur de peau. Il régnait dans la salle une atmosphère chargée d'électricité, une atmosphère de tragédie.

Le malade qui se trouvait juste à côté d'elle ne pouvait pas s'empêcher de rire. Sa mère, femme grisonnante et usée, sanglotait dans son mouchoir. De l'autre côté, un interné chuchotait à l'oreille de son fils. Du moins pouvait-on supposer que ce jeune homme était son fils. Quel autre parent masculin se dérangerait pour rendre visite à un aliéné ? Cathy se tourna de nouveau vers Johnny et lui tendit ses lèvres à travers le grillage. Il eut un mouvement de recul qui la déconcerta, puis il sourit et passa doucement les doigts sur sa bouche tuméfiée.

— Mes lèvres me font encore mal, mon chou. Ces sacrées bonnes femmes ont failli me les arracher avec leurs dents !

Cathy s'apprêtait à lui demander des précisions lorsque Wilkes annonça d'un ton plein d'autorité :

— C'est l'heure, messieurs-dames. La visite est terminée.

Il y eut des bruits de chaises qu'on déplace et les visiteurs commencèrent à défiler en direction de la sortie. Le rire bizarre éclata une dernière fois sur un fond de sanglots. Cathy se leva, glacée, lointaine. Son regard croisa celui de Johnny. Il ressemblait de nouveau à un conspirateur en culotte courte.

— L'assassin est un infirmier ou un médecin, murmura-t-il. Stuart n'a pas vu sa tête, mais il a remarqué qu'il portait un pantalon blanc. Dis à Swanee qu'un des deux autres témoins parlera aussi. Je le sens.

En l'entendant répéter mot pour mot la même phrase que précédemment, Cathy saisit pour la première fois la situation dans toute son horreur. Anéantie, elle put seulement lui faire un vague signe d'adieu.

Johnny agita la main. Cathy passa devant Wilkes en chancelant et se précipita dans le couloir pour respirer une bouffée d'air pur.

Le cauchemar prenait de l'ampleur et entraînait Johnny avec lui.

Swanee refusa de la croire quand elle alla le trouver dans son bureau du *Globe* pour lui confier ses terribles soupçons. En dépit du tintamarre des machines à écrire et des sonneries stridentes des téléphones, Cathy frissonnait encore d'horreur en songeant à l'hôpital psychiatrique.

Mais Swanee, installé à son bureau, se moqua bruyamment des appréhensions de la jeune femme.

— S'il descendait dans une mine de charbon faire un reportage sur un coup de grisou, il en ressortirait avec un peu de noir sur la figure, non ?

— Il est en train de devenir fou.

— Il se débrouille comme un chef. Ça ne fait que six semaines qu'il est là-bas et il a déjà circonscrit les recherches à un membre du personnel. Les poulets n'ont pas été fichus d'en faire autant !

La voix de Swanee était empreinte d'un orgueil qui donna la nausée à Cathy.

— Si vous ne téléphonez pas immédiatement au docteur Cristo et si vous ne faites pas relâcher Johnny ce soir même, c'est moi qui m'en chargerai !

Swanee s'adossa à son fauteuil, trop imbu du pouvoir de la presse pour s'inquiéter des angoisses de Cathy.

— Vous avez les nerfs en pelote, mon petit. En liberté, vous me donnez plus de soucis que Johnny derrière ses grilles !

— Appelez Cristo ! sanglota Cathy en fondant en larmes.

Swanee grogna et poussa le téléphone vers elle, d'un geste un peu théâtral.

— Appelez-le vous-même. Si vous téléphonez au docteur Cristo, vous allez perdre Johnny à tout jamais. Vous le savez aussi bien que moi !

Cathy contempla le téléphone avec horreur, incapable de le décrocher. Swanee avait raison. Il avait toujours raison, le salaud !

*

Les migraines de Johnny commencèrent à devenir plus fréquentes après la première visite de Cathy. Elles le prenaient le soir, sapant le peu d'énergie qui lui restait après l'effort considérable qu'il fournissait dans la journée pour jouer le rôle d'un déséquilibré.

La salle B devint pour lui un enfer. Il souffrait de migraines lancinantes et passait d'abominables nuits de supplice. Apparemment, rien ne pouvait soulager ses maux de tête, ni l'aspirine ni le chewing-gum de Pagliacci. Johnny Barrett dormait de moins en moins. Ses réflexes devenaient désordonnés, ses nerfs réagissaient à contretemps. Certains jours, il avait du mal à se rappeler sa mission, le surmenage physique lui interdisant toute forme d'activité cérébrale.

Un jour, Wilkes lui en parla dans le corridor. Le bruit s'était répandu que Johnny souffrait de violentes migraines. Le premier remède qui venait à l'esprit était évidemment une visite au psychiatre.

— Depuis combien de temps je suis ici, Wilkes ?

— Neuf semaines.

Comme le temps passait vite ! Johnny secoua la tête. Il y avait une chose dont il n'arrivait plus à se souvenir.

— Vous n'allez pas me mettre au Trou, hein ?

— Mais non. En ce moment, il n'y a qu'un seul pensionnaire dans le Trou. Un Noir. Il se prend pour un Blanc.

Ils passaient justement devant la porte du Trou. Johnny regarda le petit judas percé dans le panneau.

— Qu'est-ce qu'il a fait ?

— Il a rossé un Noir de la salle D.

Une vague lueur éclaira le cerveau de Johnny. « Trent. Ça doit être Trent. Pas étonnant que je ne l'aie jamais vu nulle part. Mais où est l'autre témoin… Boden ? Il faut que je sois très prudent en me renseignant sur ces deux-là. »

— Encore des tests, Wilkes ?

— Simplement quelque chose pour soulager un peu vos migraines.

Ils étaient arrivés devant une nouvelle porte de l'interminable corridor. Johnny s'arrêta. « Pourtant, je ne me souviens pas de leur avoir parlé de mes maux de tête. »

Wilkes ouvrit la porte avec un sourire.

— Entrez, on ne vous fera pas de mal.

Johnny hésitait.

— La dernière fois que je suis entré dans une pièce que je ne connaissais pas, j'ai été attaqué par les Amazones.

Wilkes ricana !

— Plaignez-vous donc ! La plupart des hommes auraient payé pour être à votre place.

— Sans blague ? Eh bien, essayez, un de ces jours, et vous m'en direz des nouvelles.

Aussitôt qu'il eut pénétré dans la pièce, Johnny Barrett oublia tout. Ses pensées s'enfuirent à la débandade et il sombra dans un miséricordieux oubli, troublé seulement par d'apaisantes sensations de va-et-vient qui le berçaient comme des vagues.

Lorsqu'il rouvrit les yeux, la première personne qu'il aperçut fut le docteur Cristo.

On avait attaché Johnny sur une table métallique inclinée en arrière à quarante-cinq degrés ; il avait la tête en bas et les pieds en l'air. À l'exception d'une serviette nouée autour des reins, il était complètement nu. La table semblait munie de toutes sortes de tubes, de fils et de cadrans. Cristo appuya sur un bouton et se mit à examiner les chiffres et les voyants lumineux d'un tableau de contrôle. Johnny s'entendit alors demander :

— Il y a quelque chose qui ne va pas ?

Il se trouvait parfaitement bien, même pas inquiet.

— Non, répondit Cristo en vérifiant ses instruments. Un de vos muscles vient de se contracter, c'est tout.

— Celui qui est dans ma tête ?

— Dites-moi, John… Vous désirez toujours aussi violemment votre sœur ?

— Faites-moi descendre de cette planche à repasser et je vous raconterai mes rêves, docteur ! J'ai froid et pourtant je transpire…

— Les sueurs froides sont l'un des symptômes habituels de votre état, expliqua doucement le docteur Cristo.

— Qu'est-ce que c'est, mon état ?

De nouveau, les petites lumières se mirent à clignoter sur le tableau.

— Vous connaissez le sens du mot : puberté ?

« Attention, ça doit être un piège. »

— Qu'est-ce que c'est ?

Cristo attendit un instant avant de répondre.

— La maturité sexuelle.

— Je le savais ! ricana Johnny.

Cristo pinça les lèvres.

— Vous souffrez d'une forme de démence précoce qui se manifeste à l'âge de la puberté, caractérisée par un comportement puéril, des hallucinations et une lente détérioration mentale.

« Autrement dit, je suis atteint d'hébéphrénie schizophrénique, ou alors, Doc Fong n'y connaît rien ! »

— Dites, docteur… comment ça s'appelle exactement, mon truc ?

— L'hébéphrénie schizophrénique, John.

— C'est grave, ce machin-là ?

— C'est assez sérieux, John.

Johnny Barrett sourit en son for intérieur. Jusqu'ici, tout allait bien. Il était toujours en possession de ses facultés et ses migraines finiraient par s'estomper. Rien d'étonnant à ce qu'on ait des maux de tête après avoir passé neuf semaines au milieu des cinglés. Ce n'était pas précisément le Palais du Rire.

« Johnny, mon gars, se dit Johnny Barrett, tes maux de tête, en fin de compte, ne sont que de vulgaires migraines. C'est toujours toi qui mènes le jeu. »

— Détachez-le, Wilkes, ordonna le médecin. Vous pouvez retourner dans votre salle, John.

Sur le tableau, les petites lumières avaient cessé de clignoter.

LE TROU

Le spectacle de Cathy en maillot collant aurait donné à n'importe quel représentant du sexe fort de frénétiques rêves de possession. Pour un homme dans l'état d'esprit de Johnny Barrett, il aurait été absolument intolérable. C'était donc une chance que Swanee fût seul, ce matin-là, à la regarder répéter sur la petite scène du cabaret.

L'accompagnement musical était fourni par un pick-up. Cathy avait gainé ses formes sculpturales d'un collant noir qui la moulait comme une deuxième peau. Ses longs cheveux chatoyants retombaient en cascade d'or. En entrant dans la salle, Swanee la contempla avec admiration.

Cathy l'aperçut et s'arrêta aussitôt de danser, le visage crispé.

— Vous avez réussi à le faire changer d'avis ?

Swanee fit signe que non.

— J'ai essayé. Mais maintenant, il est trop près du but. Stuart, l'ex-G.I., a été transféré dans un autre service, mais Johnny est persuadé qu'il arrivera à faire parler Trent ou Boden.

Cathy prit une serviette. Elle paraissait désespérée.

— Le docteur Fong était avec vous ?

— Oui.

— Qu'est-ce qu'il a dit ?

Cathy s'essuya la figure. Une légère moiteur faisait briller sa peau.

— Qu'il est tout à fait normal que Johnny ait les nerfs un peu éprouvés.

— Et puis ?

— C'est tout.

Cathy fronça les sourcils.

— Vous préférez que j'interroge moi-même le docteur Fong ?

Swanee poussa un soupir accablé.

— Ma foi... Johnny est dans un tel état de surexcitation que Doc Fong redoute un choc en retour.

— Autrement dit, Johnny risque de perdre la boule pour de bon, c'est ça ?

Swanee ne pouvait pas se douter de tout ce que cette petite phrase avait coûté à Cathy. Il leva les bras au ciel.

— Vous envisagez tout de suite le pire ! Si je le faisais sortir actuellement, sans lui demander son avis, ça ne l'empêcherait pas d'avoir une dépression nerveuse, car il ne pourrait jamais savoir ce qui se serait passé s'il avait tenu le coup suffisamment longtemps pour faire parler les deux autres témoins.

Cathy resta pétrifiée, le cœur battant.

— Vous voulez dire que s'il abandonnait... il pourrait tomber malade ?

— Oui.

— Mais s'il arrive à percer le mystère de l'assassinat, il ira bien ?

— Oui.

Elle rejeta la tête en arrière, d'un air plein de mépris.

— Vous croyez sincèrement ce que vous dites ?

— Oui.

— Vous êtes complètement fou !

Swanee, troublé, la regarda longuement, puis il fit demi-tour sans ajouter un mot et s'éloigna entre les tables, pour gagner la sortie.

Cathy alla arrêter le pick-up. Elle avait à peine entendu la musique. Les mots de Swanee résonnaient encore dans sa tête, son cœur débordait de tristesse pour Johnny, ses jambes se dérobaient sous elle. Quel gâchis ! Quel lamentable gâchis !

Les larmes se mirent à ruisseler sur son ravissant visage.

*

Assis dans le long corridor qu'on appelait « La Rue », pendant la recréation consacrée à « se faire des copains », Johnny Barrett attendait son heure en observant ce qui se passait autour de lui. Doc Fong avait vu juste. Il avait parfaitement saisi le problème de la folie. Il suffisait de regarder les visages ravagés des internés. De pauvres bougres qu'on avait enfermés bien trop tôt, bien des années avant que l'État ne se décide à amender des règlements surannés. Des malheureux s'étaient trouvés séquestrés de la sorte par des parents désireux d'économiser quelques *cents* ou pour être tranquilles, tout simplement. Johnny croyait entendre le refrain : « Grand-père se plaira beaucoup là-bas. La vie de château : trois repas par jour et des tas de gens de son âge pour faire la causette ! »

Johnny examina l'homme décharné qui se dirigeait vers lui. Ses yeux étincelaient comme des braises. Les bras croisés sur le ventre, il regarda Johnny d'un air de défi.

— Vous n'oseriez tout de même pas me battre ! protesta-t-il d'une voix efféminée. Je suis enceinte. Je porte mon enfant depuis cinq mois.

Johnny se garda bien de sourire et le sac d'os s'éloigna.

Ce jour-là, un vent de curiosité soufflait sur « La Rue ». Habituellement, les malades se groupaient par catégories. Il y avait les marcheurs, toujours en mouvement ; ceux qui ne décollaient pas des bancs, ceux qui se vautraient par terre ; ceux qui s'accroupissaient dans un coin, ceux qui jacassaient sans arrêt. Mais ce matin-là, ils étaient tous alignés de part et d'autre du corridor, comme s'ils attendaient quelque chose. Un artiste moderne aurait pu s'inspirer de la scène pour représenter l'enfer.

Johnny aperçut la pancarte, avant de voir le jeune Noir qui la portait en déambulant d'un air conquérant. *Pas d'intégration en démocratie. Rentre chez toi, négro !* Avec un sursaut, Johnny reconnut les traits harmonieux, le port de tête altier, l'expression fanatique. Le témoin numéro deux du meurtre de Sloan était sorti du « Trou ». C'était Trent.

Trent. Seul étudiant noir d'une université du Sud. Son cerveau n'a pas résisté à l'épreuve. Se prend pour un Blanc, hait les Noirs, s'imagine être le chef de la Ligue des Citoyens blancs et le grand maître du Ku-Klux-Klan.

Avant que Trent n'eût atteint le banc de Johnny, Lloyd

et Wilkes s'étaient précipités en bousculant un certain nombre de pensionnaires et avaient encadré Trent qui s'avançait d'un pas martial.

— Trent ! s'écria Lloyd.

— Oui, monsieur, fit le Noir d'une voix où perçait tout son mépris.

— Il manque une taie d'oreiller.

— Ce n'est pas moi qui l'ai prise, monsieur.

— C'est celle de votre lit.

— Ce n'est pas moi qui l'ai prise, monsieur.

La main de Lloyd se referma sur le bras qui brandissait la pancarte.

— Vous avez envie de retourner au Trou ?

— Ce n'est pas moi qui l'ai prise, monsieur.

Il répétait toujours la même phrase, comme une litanie apprise par cœur. Wilkes adressa un clin d'œil à Lloyd.

— Tu n'as qu'à la lui laisser, va !

— Te mêle pas de ça, Wilkes, grogna Lloyd.

— Le docteur Cristo a bien recommandé de ne pas l'énerver.

Le visage sympathique de Wilkes était soucieux. Immobile, silencieux, les yeux fixés droit devant lui, Trent levait bien haut sa pancarte.

— Vous savez ce qu'elle va vous coûter, cette taie d'oreiller ! vociféra Lloyd.

Wilkes passa outre et sourit à Trent.

— Ça va, Trent. Nous savons que ce n'est pas vous qui l'avez prise.

— Merci, monsieur.

Le Noir repartit avec sa pancarte. Lloyd le regarda s'éloigner d'un œil noir, puis il dit à Wilkes quelque chose que Johnny n'entendit pas. Au moment où Trent passait à sa hauteur, Johnny se leva discrètement et lui emboîta le pas. Les infirmiers étaient repartis par où ils étaient venus.

Trent n'alla pas bien loin. Il trouva une place libre sur un banc et s'assit. Sa pancarte tournée vers le corridor. Il y avait déjà un malade sur le banc, mais il était totalement étranger à tout. Johnny réussit à s'asseoir entre eux sans bousculer Trent. Le jeune Noir regardait maintenant droit devant lui. Quant à l'autre pensionnaire, il était figé dans une immobilité absolue, la main gauche tendue à l'horizontale comme une branche d'arbre.

Un autre malade était couché par terre, à côté du banc, tout recroquevillé sur lui-même, en point d'interrogation, les bras croisés sur les yeux.

Johnny examina l'homme à la main tendue. Trent remarqua son regard.

— Il fait ça tous les jours, dit-il d'une voix grave et harmonieuse. Il essaie de rattraper ses nerfs !

— C'est un de vos amis ? demanda aimablement Johnny.

— Non, répondit Trent tout aussi gentiment. C'est un ami des nègres, ce type. C'est pas lui qui apprendrait à son moutard à cracher sur un gosse noir. Mais le bon Dieu l'a puni. C'est pour ça qu'il est dans cet état de stupeur catatonique. Regardez.

Avec sa pancarte, Trent souleva la main tendue du catatonique à la verticale. Lorsqu'il retira la pancarte, le bras du malade resta dressé au-dessus de sa tête, toujours aussi raide qu'une branche d'arbre.

— Tenez ! Le voilà transformé en statue de la liberté !

(Les yeux de Trent se fixèrent sur Johnny.) Mais vous, qu'est-ce que vous faites ici ?

— Je suis venu voir un de mes amis.

— Moi aussi, mon cher, moi aussi. Faisons quelques pas dans « La Rue ».

Johnny s'aperçut que Trent profitait de cette promenade pour exhiber sa pancarte de protestation. Ils défilèrent lentement devant les malheureux alignés de chaque côté du corridor.

— Le Trou est destiné aux gens dangereux et à ceux qui font du tapage, déclara soudain Trent de la façon la plus inattendue. Ils m'y ont enfermé par erreur.

— C'est ce que j'avais entendu dire.

— Vous n'aviez rien entendu, je viens de vous le dire à l'instant.

— Vous avez raison.

Trent laissa fuser un petit rire mélodieux.

— Je sais bien pourquoi vous me faites du plat. Vous voudriez que je vous laisse porter ma pancarte.

— Non, absolument pas.

— Vous me traitez de menteur ?

— Non.

— Allez vous faire une pancarte vous-même et portez-la. Vous venez au meeting ?

— Quel meeting ?

Trent s'arrêta pour réfléchir.

— J'ai oublié, reconnut-il. Vous connaissez le chef d'orchestre du Metropolitan Opera ?

— Non.

Johnny avait du mal à suivre la pensée de Trent, aussi fugace que du vif-argent.

— Moi, je le connais. Il vient parfois ici, comme

invité d'honneur, pour diriger l'orchestre de l'hôpital. Je l'aime bien, mais il est timbré. Dire qu'il autorise un négro à jouer avec les musiciens blancs ! (Il haussa les épaules.) Oh ! il est vrai que ces gens-là sont cabotins dans l'âme !

Ils continuèrent leur chemin. Johnny n'arrivait pas à comprendre par quel paradoxe ce Noir authentique se faisait ainsi l'écho des rengaines des Blancs fanatiques.

Mais soudain, Trent fit de nouveau halte, les yeux exorbités, le bras tendu.

— Assommons ce sale nègre avant qu'il épouse ma fille !

Johnny n'eut pas le temps d'intervenir. Trent s'était jeté sur un vieux malade noir tout ratatiné et lui tapait sur la tête avec sa pancarte. Le vieillard recula et parvint à s'échapper par une porte voisine pendant que Johnny ceinturait Trent. Wilkes et Lloyd réapparurent comme par enchantement. Trent baissa les yeux.

— Qu'est-ce qui se passe encore ? vociféra Lloyd d'un ton sarcastique.

— Tout va bien, monsieur Lloyd, répondit Johnny.

— Qu'est-ce que vous mijotez, ce coup-ci, Trent ?

— Il ne...

Lloyd enfonça son index tendu dans la poitrine de Johnny.

— C'est à lui que je parle.

Wilkes soupira.

— Alors, Trent, ça va bien ?

— Oui, monsieur, répondit le Noir, du même ton que la première fois.

— Vous n'allez pas recommencer à faire des histoires, hein, Trent ? implora Wilkes. Promis ?

— Oui, monsieur.

Lorsque les infirmiers se furent éloignés, Trent se tourna vers Johnny.

— Merci, l'ami.

— Pas de quoi, l'ami !

Ils se faufilèrent parmi les groupes de malades et dénichèrent un coin où ils pouvaient s'isoler. Trent jeta alors un coup d'œil furtif autour de lui, appuya sa pancarte contre le mur et s'accroupit par terre. Johnny s'assit à côté de lui. Une fois de plus, Trent inspecta le corridor, puis il tira une taie d'oreiller de sous sa chemise. Johnny comprit aussitôt de quoi il s'agissait. On avait percé dans le tissu des trous pour les yeux, pour le nez et pour la bouche.

Avec un crayon, Trent dessina grossièrement une croix entourée d'un rond au-dessus des deux trous symétriques destinés aux yeux.

— Qu'est-ce que ça représente ? lui demanda Johnny qui savait parfaitement à quoi s'en tenir.

— Le symbole de l'Empire invisible, répondit gravement Trent. C'est un cycle. Ça vient du mot grec *Kuklos*, qui veut dire cercle.

Là-dessus, il se couvrit la tête de la cagoule et regarda Johnny à travers les trous ménagés pour les yeux.

— C'est l'emblème d'une nouvelle organisation… le Ku-Klux.

— Ça sonne bien, dit Johnny.

— Non ! Le Ku-Klux-*Klan* ! Ça fait plus mystérieux, plus menaçant, avec toutes ces allitérations… Dites-le.

— Ku-Klux-Klan.

— K.K.K. ! lança alors Trent à toute vitesse.

— K.K.K., répéta Johnny avec la même rapidité.

Le visage de Trent s'éclaira.

— Ça aura très vite du succès. Nous renverrons dans le Nord tous ces politicaillons partisans de l'intégration. On va leur flanquer une trouille du feu de Dieu. On les roulera dans le goudron et dans la plume, ils seront pendus, brûlés vifs !... Qui êtes-vous ?

— Votre ami, j'espère.

Le crâne masqué de Trent s'agita d'un air menaçant.

— Je ne vous connais pas.

Johnny réfléchit rapidement. Stuart... Le Sud... Ça prendrait peut-être encore cette fois.

— Je suis arrivé ici le premier de tous les premiers... déclama-t-il.

Trent, enthousiasmé, termina avec lui la célèbre citation :

— ... avec les meilleurs de tous les meilleurs ! (Il éleva joyeusement la voix.) Le général Forrest ! Nathan Bedford Forrest !

Il fit gravement le salut militaire. Johnny lui rendit son salut. Brusquement, Trent arracha rageusement sa cagoule et son beau visage noir réapparut. Il se pencha tout contre Johnny.

— Mon général, vous vous vantez d'avoir fondé le K.K.K. C'est moi le véritable fondateur. C'est moi le Grand Sorcier. Quel est notre mot de passe ?

— Silence et discrétion.

— Mon général, si le Christ se promenait aujourd'hui dans les rues de ma ville natale, il serait horrifié. Jamais on n'a vu autant de nègres envahir les cafés, les écoles, les autobus et les lavabos. Moi, je suis pour la pureté de l'Amérique, pour la suprématie des Blancs !

Tout en haussant de plus en plus la voix, Trent avait

sauté sur le banc et faisait de grands gestes d'orateur. Johnny, abasourdi, contemplait la scène. Les pensionnaires amorphes et muets, enfermés dans leurs enfers personnels, tournaient les yeux vers Trent qui poursuivait son réquisitoire d'une voix rauque.

— Américains, écoutez-moi ! L'Amérique aux Américains ! Le temps est venu de jeter des pierres et de lancer des bombes... des bombes noires sur les étrangers noirs. Il paraît qu'ils aiment le jazz, hein ? Eh bien, nous allons les faire danser sur un rythme qu'ils n'oublieront pas de sitôt. Brûlez le « Car de la Liberté » ! Brûlez les « Voyageurs de la Liberté » ! Brûlez celui qui acceptera de les servir dans un restaurant ! Brûlez tous ces salauds d'intégrationnistes qui sont aux petits soins pour les négros ! Brûlez-les tous jusqu'au dernier !

Le cercle des auditeurs silencieux se resserra. Comme eux, Johnny était subjugué par la virulence de l'orateur.

— Armez-vous de matraques et de tuyaux de plomb et nous apprendrons à ces démagogues africains que rien ne les autorise à respirer notre air blanc et à aller en classe avec nos enfants blancs. Prenez de l'essence et répandez-la sur eux, sur leurs maisons et sur leurs petits négrillons et mettez-y le feu. Appelez les membres de la Ligue des Citoyens blancs ! Appelez le K.K.K. ! Nous nous chargerons d'expédier les nègres dans le Nord. Nous débarrasserons le pays de tous ceux, garçons ou filles, qui sont sortis d'un ventre noir. L'Amérique aux Américains !

— L'Amérique aux Américains ! reprit l'un des pensionnaires avec l'accent traînant du Sud.

Trent le gratifia d'un sourire chaleureux.

— Nous voulons que nos écoles restent blanches !

— C'est exact ! beugla l'homme du Sud. On veut qu'elles restent blanches.

— À bas les catholiques ! rugit Trent.

— Alléluia, mon gars !

— À bas les juifs !

— Alléluia !

Les malades commençaient à murmurer, à grommeler, à s'éveiller de leur torpeur, tel un océan assoupi soudain troublé par un coup de vent.

— À bas les nègres ! hurla la voix de Trent.

Johnny était pétrifié. Le malade du Sud s'écria encore :

— Alléluia !

Soudain, Trent tendit un bras vengeur.

— En voilà un ! (Il se passa aussitôt la taie d'oreiller sur la tête.) Assommons ce sale nègre avant qu'il n'épouse ma fille !

L'homme du Sud redressa la tête et poussa à pleins poumons le cri de guerre des Sécessionnistes. Il retentit dans le couloir comme un formidable coup de tonnerre et galvanisa la foule des malades. Trent fonça en hurlant : « Alléluia ! » Les pensionnaires, surexcités par la puissance de suggestion de cette voix puissante, le suivirent en vociférant. Johnny fut emporté comme un fétu de paille par le tourbillon.

Le pauvre vieux Noir que Trent avait désigné une fois de plus à la vindicte publique tourna les talons et s'enfuit devant la horde dont les multiples visages exprimaient une fureur, une exaltation ou un mépris incompréhensibles. Johnny courut, lui aussi, mais c'était pour tenter de rattraper Trent, de l'arrêter, de l'empêcher de se faire renvoyer au Trou ; car Trent était peut-être après tout la clé de l'affaire Sloan…

Des coups de sifflet stridents retentirent. Les pensionnaires braillèrent. Le cri de guerre rebelle ébranla encore les murs du corridor. Au milieu d'une mêlée confuse de silhouettes grises et de visages gris enchevêtrés, Johnny aperçut Wilkes, Lloyd et un infirmier noir qui se précipitaient comme des joueurs de rugby pour bloquer la charge de Trent.

Johnny rattrapa le jeune Noir juste à temps.

L'infirmier de couleur levait déjà un gourdin pour assommer le récalcitrant. Johnny fit dévier le coup. Trent poussa un nouveau cri de haine raciste. Wilkes et Lloyd l'empoignèrent. Johnny tenta alors de s'interposer. Mais, soudain, Lloyd bloqua les deux bras de Johnny comme dans un étau. La situation changea alors du tout au tout. Johnny réagit violemment. Lloyd n'avait pas le droit de porter la main sur lui. C'était une violation de ses droits et de sa dignité d'homme. Il se débattit comme un forcené, en décochant des coups de pied au hasard. Jamais il ne sut quelles injures avaient jailli de sa gorge. Il ne voyait plus que le visage noir de Trent, luisant de sueur, qui surgissait çà et là, tel un feu follet, au-dessus de la mêlée.

Johnny ne vit pas arriver le coup de poing qui l'envoya dinguer à l'autre bout du corridor, en pleines ténèbres.

Le noir complet, sans rémission.

Au-dessus de lui, c'était toujours la même chose, le jour comme la nuit. Le plafond demeurait un vague rectangle de pénombre, tirant sur le noir. Le « Trou » méritait bien son nom. La première fois que Johnny Barrett ouvrit les yeux et s'aperçut qu'il était incapable de faire un geste, il ne s'affola pas. Il envisagea calmement la situation.

On l'avait étendu sur une espèce de bat-flanc, ligoté dans une camisole de force, pour le laisser contempler le plafond tout son saoul et réfléchir à certains aspects de l'existence. Le seul point dont il pouvait se féliciter, c'est qu'on ne l'avait pas séparé de Trent.

Le Noir gisait à côté de lui, sur un bat-flanc semblable, et pareillement ligoté. Johnny n'avait qu'à tourner la tête pour entrevoir le profil de médaille de Trent.

Le « Trou » était parfaitement silencieux. On avait l'impression d'être emballé dans du coton, ou d'être une boule de naphtaline enfermée dans un placard à vêtements. Les bruits de l'extérieur ne pénétraient pas jusque-là. Les heures s'écoulaient avec une lenteur désespérante.

« C'est le troisième jour et Trent n'a toujours pas dit un mot. Je pensais que ce serait une aubaine d'être cloîtré en tête à tête avec lui, mais ça ne me sert à rien. Quand je sortirai d'ici, je m'attaquerai à Boden. Il faut qu'il parle. Un savant qui a un quota intellectuel de 170 aura sûrement quelques instants de lucidité à me consacrer. »

— Le mercredi 30 août 1954, murmura soudain Trent dans la pénombre.

Aussitôt, Johnny sursauta, tous les sens en alerte. Depuis trois jours, c'était la première fois que Trent ouvrait la bouche.

— Allez-y, Trent, dit Johnny à haute voix. Continuez à parler.

— Le mercredi 30 août 1954. Le mercredi… mercredi…

— Continuez, Trent.

La voix grave s'éleva de nouveau :

— Le mercredi 30 août 1954, la Cour suprême des États-Unis a décrété que la ségrégation raciale serait bannie dans les délais les plus courts de toutes les écoles des États-Unis. Je suis un petit garçon, dans la jungle de l'Amazonie…

Johnny poussa un juron à mi-voix. Les sinuosités et les palinodies d'un esprit dément étaient vraiment déconcertantes.

— … un garçon brun, pas un garçon noir. Quelqu'un me gratte la cuisse avec une mâchoire de piranha pour que mon sang brun se transforme en sang blanc. Le mercredi 30 août 1954, la Cour suprême à décrété que la ségrégation raciale serait bannie dans les délais les plus courts de toutes les danses rituelles… Voilà le K.K.K. ! Sauve-toi ! Cours ! Cours, Trent, si tu tiens à ta peau ! Je ne vois pas son visage, je ne le vois pas. Cours, cours, cours…

Le hurlement rauque de Trent fit fermer les yeux à Johnny. Il était accablé. À quoi bon écouter ça ? Jamais les aliénés n'ont…

Il fut complètement déconcerté lorsqu'il devina la silhouette de Trent assis sur son séant, perplexe, regardant autour de lui avec une stupeur qui n'était manifestement pas feinte. Johnny sentit son optimisme renaître.

— Toujours en couleurs, dit Trent d'une voix absolument normale. Le même cauchemar, toujours en couleurs. C'est quand même curieux que je retrouve toute ma tête chaque fois que je fais ce rêve. (Tout en essayant de dégager ses bras ligotés par la camisole de force, il jeta un coup d'œil à Johnny.) Je me demande ce qu'il a bien pu faire pour qu'on l'enferme ici !

Johnny se chargea de l'éclairer.

— Nous avons tous les deux été mêlés à une émeute raciale, vous en tant que meneur et moi en essayant de vous sauver la mise.

Trent parut stupéfait.

— À vous entendre, vous ne faites pas l'effet d'un malade.

— Vous non plus.

Trent secoua la tête.

— Après ce cauchemar, il m'arrive de rester lucide pendant cinq bonnes minutes.

— Comme en ce moment ?

— Comme en ce moment. Vous aussi, vous retrouvez vos esprits, après un cauchemar ?

— Oui.

— Vous rêvez en couleurs ?

Johnny s'efforça de dissimuler sa joie.

— Oui.

— De choses bizarres ?

— Oui.

— Comment vous appelez-vous ?

— Johnny Barrett.

— Barrett... répéta Trent en écoutant la consonance du mot. C'est un joli nom. Elisabeth Barrett...[1]. J'aime son *Chaucer*[2] *modernisé*... Je voulais devenir comme

1. Elisabeth Barrett. Poète anglais du XIXe siècle qui signait ses œuvres Browning, du nom de son mari.

2. Chaucer. Poète anglais du XIVe siècle.

elle… ou comme Browning, si vous préférez… J'aurais aimé être poète, écrivain… fin lettré…

Johnny tint à entretenir la conversation.

— Oui, je me souviens… Elle n'avait que douze ans quand elle écrivit *La Bataille de Marathon.*

— Onze, rectifia Trent.

Ils rirent tous les deux. Dans la sinistre obscurité du Trou, ce rire était réconfortant.

— Onze, douze, dit Trent, ça ne change pas grand-chose. Personne ne l'a jamais empêchée d'étudier le grec ou le latin, ni de transcrire ses songes sur le papier. Son aspect physique n'a pas influé sur sa vie comme ma race a conditionné la mienne. Vous savez qu'à la faculté, je jouais le rôle de cobaye ?

— Le pays tout entier vous accompagnait tous les matins à l'université, Trent.

— J'ai échoué, dit-il tristement. Je n'ai pas pu supporter l'épreuve. Vous connaissez le grand corridor qu'il y a dans cet hôpital ? Celui qu'on appelle « La Rue » ? Eh bien, à l'université, il y avait un couloir dans le même genre. C'était pénible de défiler devant tous les étudiants dans ce corridor, Johnny.

— Beaucoup de gens comptaient sur vous.

— Beaucoup de gens n'avaient pas à emprunter ce corridor tous les jours. Depuis combien de temps suis-je dans le Trou ?

— Trois jours.

Johnny se mordit la lèvre. La minute de vérité approchait

— J'ai tué quelqu'un, au cours de cette émeute raciale ?

— Non.

— J'ai blessé quelqu'un ? (Il paraissait consterné.)

— Vous avez fait tout ce que vous avez pu pour ça, mais Wilkes et Lloyd ont pris les devants. Ils nous ont passé ces élégantes camisoles sans attendre qu'il y ait de la casse.

— Je m'excuse de vous avoir embringué dans cette affaire.

— N'en parlons plus. Pourquoi ne pas être allé faire vos études en France ?

— Oh ! J'aurais pu quitter les États-Unis, et devenir à Paris un de ces exilés barbus qui ont un drôle d'accent... Mais... vous seriez allé à Paris, vous ?

— Je n'ai jamais eu à traverser une université blanche où règne la ségrégation, ni à affronter le mépris de mes condisciples.

Trent tourna la tête vers Johnny.

— Non, la Rive Gauche est déjà surpeuplée de nègres exilés et j'ai refusé de me laisser pousser à l'exil volontaire par la discrimination raciale, parce que les États-Unis, c'est ma patrie, à moi... Je sens qu'un jour les Blancs oublieront la couleur de ma peau comme ils ont oublié qu'ils avaient brûlé des femmes blanches à Salem... J'ai essayé de prendre mon mal en patience, mais je n'ai pas pu. Et le simple fait d'entrer à l'université pour m'instruire a été la goutte d'eau qui a fait déborder le vase. Tout me donnait des ulcères, les œufs, la géographie, les pommes de terre, l'Histoire et la tarte aux pommes. J'avais beau me répéter que ce n'était qu'un accident de naissance, ces ulcères continuaient à se développer. J'aurais pu naître jaune ou blanc, mais le sort a voulu que je naisse noir et je n'en suis ni fier ni honteux.

— Comment êtes-vous, en ce moment, Trent ?

— En colère, simplement. Mais suffisamment en colère pour être résolu à m'instruire dans mon pays et non à l'étranger. Suffisamment en colère pour vouloir rester debout sur mes deux jambes. On m'a appris à être fier de ma patrie. Appelez ça l'esprit civique, si vous voulez. J'aime mon pays. C'est quelque chose qui est en moi. C'est un grand bonheur d'aimer sa patrie, même si ça vous donne des ulcères d'estomac. Et mes ulcères disparaîtront le jour où toutes les écoles du pays devront apprendre un certain nombre de choses avant d'être autorisées à ouvrir leurs portes. (La voix de Trent se nuança de tristesse.) Tout ce que je demandais, c'était qu'on me laisse m'instruire, et on me l'a refusé...

Trent ravalait ses larmes. Johnny fut forcé d'attendre, de le laisser se débarrasser de tout ce qu'il avait sur le cœur, au moins pendant cinq minutes, avant de l'interroger sur Sloan et l'assassinat commis dans la cuisine.

— Je ne peux pas en vouloir à ces étudiants, soupira Trent. On leur a appris à haïr la couleur de ma peau. C'est un virus qu'on leur communique avant même qu'ils soient nés, tout un atavisme de violence et de lynchages. On apprend à ces pauvres gosses inconscients à compter sur la méchanceté de leurs parents et non sur leurs bons sentiments. (Un ricanement amer s'éleva de sa couchette.) Le côté comique de l'affaire, c'est que beaucoup de ces nègres sont des mulâtres et qu'en fait l'intégration est solidement implantée dans tout le Sud.

Le « Trou » retomba alors dans le silence.

Johnny n'attendit pas davantage.

— Trent, vous vous souvenez d'un certain Sloan qui a été assassiné dans la cuisine avec un couteau à découper ?

— Le premier jour où je suis allé à l'université, une femme a soulevé son enfant dans ses bras pour qu'il puisse me battre avec ses petits poings… Oui, je me souviens de Sloan.

La gorge de Johnny se serra soudain.

— Vous avez vu le médecin qui l'a tué ?

— Ce n'était pas un médecin, riposta Trent, mais un infirmier… J'avais même pris des leçons particulières pour être plus sûr d'être reçu à l'examen. Je ne voulais pas fournir à l'université le moindre prétexte pour me coller.

— Vous savez son nom ? insista Johnny.

— Évidemment ! J'étais là au moment où il a tué Sloan !… Vous saviez que des hommes armés de fusils de chasse avaient attaqué ma maison en pleine nuit ?

Johnny se débattit dans sa camisole de force.

— Vous allez me dire son nom ?

— Pourquoi pas ?

— Trent, je vous en supplie…

Johnny venait de remarquer que, tout d'un coup, la voix de Trent avait terriblement changé. Le suaire de la folie allait de nouveau se refermer sur lui.

Trent se redressa sur son lit, tremblant de la tête aux pieds.

— Attrapez ce nègre ! rugit-il. Je ne veux pas qu'il aille au cours avec ma fille !

— Trent !

— Ça commence par la salle de cours ; ça continue par le bal de l'université et vous savez comment ça se termine. Rentre chez toi, sale nègre ! Retourne dans ton école de bougnouls !

— Trent ! Trent !

— Sale nègre ! Sale nègre ! Sale nègre !

Il martelait ces injures de toutes ses forces. Johnny essaya de se redresser lui aussi. La tête lui tournait.

— Trent ! Assez ! Écoutez-moi…

— Vive l'américanisme intégral ! Vive la suprématie blanche !

Le « Trou » se referma sur Johnny Barrett ; il s'y trouvait coincé avec un dément plein d'esprit dont le cerveau malade s'était mis à haïr tout ce qui était l'essence même de son être.

— Brûlez le Car de la Liberté ! Brûlez les Voyageurs de la Liberté !

Johnny Barrett se mit à hurler.

— La ferme, Trent ! Bouclez-la, pour l'amour de Dieu !

Trent se tut, mais le mal était fait.

Johnny se sentit basculer une fois de plus en plein cauchemar.

*

— Quel bel enfant, madame Barrett !

— N'est-ce pas ? Nous allons l'appeler John.

Un bébé qui gazouille dans son berceau. Et puis le bébé est devenu un petit garçon qui regarde un autre berceau dans lequel s'agite un autre bébé.

— Maintenant, tu as une petite sœur, John.

— Comment s'appelle-t-elle, maman ?

— Elle s'appelle Cathy.

— Cathy ? C'est un très joli nom. Je l'aime beaucoup.

*

Le lendemain matin, Johnny Barrett se réveilla une fois de plus avec des maux de tête atroces. Trent dormait profondément.

*

Lorsqu'il fut sorti du Trou, Cathy vint lui rendre visite. Il ne lui parla pas de ses cauchemars. Il la regarda à peine et ne remarqua ni les rides qui creusaient son visage, ni l'émotion que trahit son regard à la vue de Johnny. Il était obnubilé par la guigne de son demi-échec avec Trent.

— De ça ! (Johnny écarta le pouce et l'index d'un centimètre.) Il s'en est fallu de ça que Trent me dise le nom de l'assassin avant de redevenir dingue. Et maintenant, on l'a de nouveau complètement isolé.

Toute pâle, Cathy restait de marbre. Elle avait les traits tirés, les yeux cernés.

— Mais il reste encore Boden. (Johnny ne capitulait jamais.) Je vais le faire parler et je ne lui laisserai pas gaspiller la moindre minute de lucidité. Je vais l'interroger tout de suite sur le meurtre. Cathy ! Je tiens mon article, je le tiens !

— Oui, mon chéri.

Il la regarda, fronça les sourcils et lui caressa doucement la joue du bout des doigts.

— Ça va comme tu veux, Cathy ?

Elle essaya de lui jouer la comédie, mais elle en fut incapable et fondit en larmes.

— Oh ! Johnny… Johnny !

Elle lui jeta les bras autour du cou et l'embrassa fougueusement sur la bouche. Johnny recula brusquement, l'air indigné, en se frottant furieusement les lèvres du dos de la main.

— Ne m'embrasse jamais plus de cette façon-là !

Cathy fut abasourdie.

— Qu'est-ce que tu as dit ?

Johnny s'agita furieusement sur son siège.

— Tu as parfaitement compris.

Cathy sentit la panique la gagner.

— Non, je n'ai pas compris. Explique-toi, Johnny.

Il se détourna comme s'il craignait que Wilkes, Lloyd ou les autres pensionnaires les aient vus s'embrasser. Cathy lui saisit le bras.

— Pourquoi dis-tu que je ne dois plus jamais t'embrasser de cette façon-là ? Qu'est-ce que ça signifie, Johnny ? Qu'est-ce qui se passe ? Réponds-moi, Johnny !

Ces derniers mots, elle les avait hurlés à pleins poumons. Lloyd s'approcha de leur banc.

— Je m'excuse, Miss Barrett, mais vous énervez les malades. Veuillez, je vous prie, avoir l'obligeance…

Cathy n'en tint aucun compte. La main crispée sur le bras de Johnny, elle le regardait fixement et poursuivait, à tue-tête :

— Qu'est-ce que ça signifie, Johnny ? Dis-le-moi ! Dis-le-moi !

Lorsque Lloyd la fit sortir du parloir, elle continuait à pousser de grands cris. Stupéfait, Johnny regarda Wilkes dont le visage bienveillant s'était substitué à celui de Cathy.

— Mais qu'est-ce qu'elle a ? demanda-t-il d'un ton plaintif.

*

Swanee réussit à joindre Cathy au téléphone, entre deux numéros, au cabaret.

— Oui ? fit Cathy, plus morte que vive.

— Doc Fong m'a dit que vous aviez vu Johnny aujourd'hui.

— Je ne l'ai pas revu depuis la semaine dernière.

— Mais vous êtes bien allée à l'hôpital ce matin ?

— Le docteur Cristo m'avait priée de passer le voir. Je lui ai dit qu'à mon avis, l'état de Johnny empirait, déclara Cathy d'une voix morne. Il a été d'accord avec moi.

Swanee fit entendre un grognement de protestation à l'autre bout du fil.

— Vous lui avez dit la vérité ?

— Non.

— Alors pourquoi vous avait-il convoquée ? demanda Swanee d'un ton soupçonneux.

Cathy rassembla tout son courage. C'était affreux de parler de l'état de santé de Johnny en des termes aussi terre à terre.

— Pour obtenir de moi l'autorisation de traiter Johnny à l'électrochoc.

Étant donné le détachement qu'il affichait depuis le début, le rugissement de fauve que poussa alors Swanee avait quelque chose d'assez réconfortant.

— Mais voyons, Cathy, vous êtes complètement folle ! Johnny ne supportera jamais un traitement aussi pénible ! Il va fatalement se dégonfler ! Ils s'apercevront que c'est un simulateur !

— Je l'espère bien, riposta Cathy. Mais je n'y serai pour rien. Il se démasquera de lui-même.

— Vous n'auriez pas dû accepter l'électrochoc, bougonna Swanee d'un ton de reproche. Après tout, il a déjà découvert que l'assassin était un infirmier et, au train où il va, il ne va plus tarder à apprendre son nom de la bouche de Boden.

— Au train où il va, répliqua tristement Cathy, il aura bientôt oublié son propre nom !

— Qu'est-ce que vous racontez ? vociféra Swanee.

Pour une fois, sa voix habituellement si sûre d'elle-même trahissait une certaine inquiétude. Cathy se mit à pleurer silencieusement dans l'appareil.

— Il commence à croire que je suis réellement sa sœur, confia-t-elle d'une voix blanche.

Elle n'attendit point la réponse de Swanee et raccrocha en faisant cliqueter l'appareil.

LE MUR

Le docteur Cristo était en train de lui enduire les tempes de pommade lorsque Johnny s'aperçut qu'il ne lui restait plus que quelques secondes avant l'électrochoc. On l'avait attaché à la table avec des courroies de cuir, évidemment. Lloyd, ironique et silencieux, vint lui fixer des électrodes de chaque côté du front. Wilkes, toujours plein de sollicitude, lui glissa ensuite un tampon de caoutchouc entre les dents. Johnny savait que c'était pour l'empêcher de se mordre la langue et l'intérieur des joues.

Cristo, souriant, essayait de lui donner le change, mais Johnny n'était pas dupe. Il avait entendu parler du traitement à l'électrochoc. C'était loin d'être aussi anodin qu'un rendez-vous chez le dentiste !

« Il faut que je tienne le coup. Je ne peux pas me dégonfler et leur avouer pourquoi je suis ici. Cathy est complètement timbrée, elle n'aurait jamais dû les autoriser à me faire un électrochoc. Il faut absolument que je tienne le coup quand je vais revenir à moi. Je serai dans un autre monde, mais il faudra que je tienne le coup. Il faut que Boden vide son sac. Il faut que Boden vide son sac. Il faut que Boden… »

Le hurlement atroce qui jaillit des profondeurs de sa gorge au moment où le courant passa entre les deux électrodes, était la protestation de tout son être contre le supplice auquel il était soumis.

Johnny Barrett se tortilla sur lui-même désespérément et son crâne explosa en mille miettes.

— Comment vous sentez-vous ce matin, John ?

Le docteur Cristo attendait une réponse. Johnny ouvrit la bouche, mais il n'en sortit aucun son.

« Qu'arrive-t-il à ma voix ? Pourquoi m'est-il impossible de parler ? »

— Qu'est-ce qu'il y a, John ?

Cristo se penchait sur le lit, l'air soucieux.

« Allez, je recommence. »

— Je vais très bien, lâcha brusquement Johnny.

Cristo lui lança un regard inquisiteur.

— Ça n'allait pas, tout à l'heure.

— Si.

— Vous ne me cachez rien, n'est-ce pas, John ?

— Non, monsieur.

« N'empêche que ça me fait une impression bizarre dans la gorge… »

— Vous pensez qu'un deuxième électrochoc vous ferait du bien ?

Le médecin souriait. Johnny fit la grimace.

— Non, à moins de m'attacher sur une chaise spécialement conçue pour cet usage et d'envoyer toute la sauce… Une fois suffit, docteur ! J'ai compris…

— Plus d'émeutes raciales dans le corridor ?

— Je me sens tellement faible que je me ferais rosser par le premier avorton venu !

Cristo consulta la feuille de température accrochée au

pied du lit et rangea son stylo-bille dans la poche de sa blouse en hochant la tête avec satisfaction.

— Parfait, John. Vous pouvez aller vous dégourdir les jambes dans le corridor pendant la récréation.

Johnny acquiesça à son tour en se tenant à quatre pour ne pas hurler de joie. « Je les ai tous possédés ! Ils n'y ont vu que du feu. »

Il n'y avait qu'une petite ombre à son allégresse.

« Pourquoi ai-je perdu l'usage de la parole... même si ça n'a duré qu'une seconde ? »

À ce moment-là, il ne pensait guère à Cathy.

« La Rue » était comme d'ordinaire.

Johnny retrouva Pagliacci, Jekyll et Hyde, Mathusalem et tous les autres plongés dans leurs rêves personnels. Stuart passa devant lui en sifflotant *Dixie* d'un air béat, mais, apparemment, sans le reconnaître. Pagliacci battait la mesure d'un geste large en rugissant : « *Figaro... Figaro ! Oh ! Figaro !* » Non, « La Rue » n'avait pas changé. On y trouvait toujours le même assortiment de misères humaines : le taciturne, le catatonique, le schizoïde, le paranoïaque... et Johnny Barrett.

Sans trop savoir pourquoi, il trouva le corridor plus long qu'autrefois. Il se gratta le crâne avec perplexité. Comment « La Rue » aurait-elle pu s'allonger ? On avait peut-être ajouté une aile à l'hôpital... On avait peut-être procédé à des travaux d'extension au bout du couloir...

Renonçant à approfondir cette surprenante découverte, Johnny partit à la recherche du professeur Boden. Il fallait bien qu'il se trouve dans cette masse de silhouettes grises et blanches toutes pareilles...

« Boden est peut-être mort. Mais j'en aurais entendu parler... C'est vrai, mais comment l'aurais-je su ? Si ça se trouve, il est mort pendant mon séjour dans « Le Trou »… »

Un catatonique éclata d'un rire bruyant sur son passage.

Johnny fronça les sourcils d'un air menaçant, puis une pensée agréable dissipa sa mauvaise humeur. Le reportage. Formidable ! Tous les journaux du pays allaient publier son enquête. À Hollywood, une histoire sensationnelle se vendait cher. Il pourrait s'offrir une ferme en Nouvelle-Angleterre. Cathy et lui allaient pouvoir se marier et ils élèveraient une tripotée de gosses.

« C'est ce qu'elle a toujours souhaité. Je m'ennuie tellement d'elle ! Je donnerais n'importe quoi pour la serrer dans mes bras. »

La stupeur le cloua sur place : il venait de reconnaître le personnage minable assis par terre, adossé au mur, qui crayonnait sur un bloc de papier à dessin avec un bout de fusain.

Boden !

Johnny l'examina attentivement. Boden frisait la soixantaine. Il avait une nette tendance à l'embonpoint et son visage doux paraissait calme et sans souci. Des cheveux blonds hirsutes couronnaient sa tête ronde.

« Le professeur Boden. Physicien américain, lauréat du prix Nobel. A travaillé à la bombe atomique, la bombe H. Savant éminent, est devenu fou alors qu'il effectuait des recherches sur la fission nucléaire, les missiles et les fusées dirigées vers la lune. Violon d'Ingres : la peinture. »

Le dessin, pour autant que Johnny puisse s'en rendre compte, de son poste d'observation, représentait une maison, mais une maison vue par un bambin en bas âge. Seul le trait ferme, appuyé, trahissait la vigueur de l'adulte. La dépression nerveuse de Boden lui avait laissé une mentalité d'enfant de six ans.

— Bonjour ! dit Johnny sur le ton qu'il aurait employé pour s'adresser à un gamin.

— Bonjour ! répondit Boden sans lever les yeux.

— T'étais parti ?

Boden hocha la tête en continuant à dessiner.

— On jouait ensemble, avant que tu t'en ailles. Tu veux jouer avec moi ?

— D'accord.

Abandonnant aussitôt son carnet à dessin, le savant assis par terre se leva d'un bond, l'air ravi.

— On joue à cache-cache.

— D'accord, dit Johnny.

— Ferme les yeux et compte jusqu'à dix. Et ne triche pas, hein ?

Johnny sentit les battements de son cœur s'accélérer. Il se cacha les yeux avec les mains. Le savant s'était glissé sous un banc voisin. Il paraissait aux anges.

— Un, deux, compta Johnny, trois, quatre, cinq, six, sept, huit, neuf et dix !

Sous son banc, Boden pouffait de rire, les mains sur la bouche, pendant que Johnny Barrett faisait semblant de le chercher partout sans succès. L'air désolé, Johnny s'arrangea pour perdre la partie.

Il en fut ainsi chaque jour pendant une semaine.

Aux heures de récréation dans « La Rue », Johnny partait à la recherche de Boden. Ils jouaient à des jeux d'enfants et Johnny s'extasiait sur les dessins de Boden. Le savant était enchanté d'avoir trouvé un nouveau camarade et surtout un camarade toujours disposé à poser pour d'innombrables portraits. Un camarade qui s'amusait des mêmes choses que lui et qui ne se moquait jamais de lui, contrairement à certains autres. À la façon dont Boden le regardait, Johnny voyait bien que le physicien s'était attaché à lui.

— Maintenant, décréta Johnny à l'apogée de leur nouvelle amitié, tu vas me faire un portrait de moi vraiment réussi pour que je puisse l'accrocher dans ma chambre.

Boden traça rapidement quelques traits sur son bloc et brandit le résultat avec un sourire espiègle.

— Oh ! (Johnny prit l'air déçu.) Tu peux faire mieux que ça, voyons !

Boden fronça les sourcils et se remit au travail. Il examinait Johnny d'un œil critique et dessinait plus lentement. Johnny, immobile, posait de face. Il lui fallait s'attaquer à Boden avec prudence. Il n'était pas comme Stuart et Trent, qui avaient commencé par se méfier. Boden était un cœur simple. Simple comme un enfant. Il faut être patient avec les enfants.

Wilkes et Lloyd, qui passaient par là, lancèrent à Johnny un regard interrogateur.

— Pendant ce temps-là, au moins, je ne fais pas de bêtises, hein ?

Wilkes acquiesça.

— Vous savez qui c'est ? demanda-t-il en désignant du pouce Boden totalement absorbé par son travail.

— C'est mon copain, répondit Johnny.

Wilkes sourit.

— De quoi vous parle-t-il ?

— De jeux d'enfants.

Pour une fois, le vindicatif Lloyd lui-même parut approuver.

— Continuez, Johnny. Vous pouvez peut-être lui faire du bien. Nous, on n'arrive à rien.

Ils poursuivirent leur chemin, laissant Johnny en tête à tête avec Boden. Lorsque le bruit de leurs pas se fut éteint, Boden montra son second dessin à Johnny. Ce n'était encore qu'un gribouillage, mais il y avait tout de même un léger progrès.

— Tu sais, dit Johnny, si tu fais un beau portrait de moi, mais alors un vraiment beau, je t'apprendrai un nouveau jeu.

Boden battit des mains.

— Montre-le-moi tout de suite !

— Quand tu auras fait un beau portrait de moi.

Boden fit la moue.

— J'ai pas envie !

Johnny se mit aussi à bouder.

— Alors, je ne t'apprendrai pas mon jeu !

— Oh !... (Boden, têtu, hésita.) Bon, d'accord...

Il reprit son bloc, humecta son fusain du bout de la langue et se mit lentement au travail. Ses yeux brillaient comme ceux d'un gosse.

*

Le parloir, lui aussi, avait changé. Le soleil entrait à flots par les fenêtres grillagées et tout paraissait gai et joyeux. Le cœur de Johnny battit plus vite lorsque Cathy entra dans la pièce. Il courut à sa rencontre et la serra dans ses bras avec toute la fougue du Johnny d'autrefois. Cathy fut tellement heureuse de cet accueil exubérant qu'elle faillit fondre en larmes. Johnny lui fit signe de se taire en posant un doigt sur ses lèvres ; il la prit alors par la main et lui murmura à l'oreille, pour être sûr de ne pas être entendu par d'autres.

— Ça y est, mon chou, Boden est en train de faire mon portrait ! Il a fallu des semaines pour en arriver là, mais c'est un véritable travail de professionnel. Tu sais que c'était un excellent peintre. Il faisait de la peinture comme Einstein jouait du violon, à ses moment perdus. Sa mentalité est toujours celle d'un enfant, mais sa main a retrouvé le coup de patte de l'artiste adulte. Tu te rends compte ? Ton Johnny soigne le célèbre professeur Boden !

— Tu as l'air tellement mieux que la dernière fois, Johnny.

Il rit tout bas.

— Dis à Swanee que Boden peut retrouver sa lucidité d'une minute à l'autre. Et le jour où ça se produira, je tiendrai la solution de l'énigme.

Cathy était encore trop troublée par la transformation de Johnny pour raisonner avec tout son bon sens.

— Tu crois que je risque d'avoir des ennuis, à cause de mon faux témoignage ?

Johnny posa un baiser sur sa bouche au pli soucieux.

— Voyons, ma chérie, le docteur Cristo nous sera très reconnaissant, au contraire. Tu ne comprends donc pas ? Si l'assassin n'est pas découvert, il peut faire une autre victime. Le juge comprendra pourquoi tu as menti. C'était pour une bonne cause, Cathy. Et quelle cause !

— Johnny…

— Oui ?

— Tu m'aimes encore ? En tant que femme ?

Il l'étreignit avec passion, le visage éclairé par un large sourire.

— Évidemment que je t'aime en tant que femme. Comment voudrais-tu que je t'aime ?

Elle fut incapable de lui répondre.

La métamorphose qui venait de s'opérer sous ses yeux l'avait expédiée d'un trait au septième ciel.

*

Le lendemain matin, la salle B fut réveillée par l'organe puissant de Pagliacci. Sa voix sonore emplit la pièce, tirant du sommeil Mathusalem, Jekyll et Hyde, et l'« Incurable Mélancolie ».

— Au jus, là-dedans ! Debout, John !

Pagliacci bâilla et toute sa montagne de chair en trembla.

Johnny voulut lui dire bonjour, mais aucun son ne sortit de sa bouche. Il porta vivement la main à sa gorge.

Pagliacci sourit.

— Salut, John.

« Qu'est-ce qui m'arrive ? Je ne peux pas parler ! »

— Bonjour !

Le mot jaillit de ses lèvres avec une telle soudaineté qu'il battit des paupières. Le géant éclata de rire.

— Ne piétinez pas mes plates-bandes, John. Il n'y a que les chanteurs d'opéra qui aient le droit de perdre leur voix. Vous vous rappelez Caruso ?

— Bonjour, répéta Johnny un peu plus fort que la première fois.

— Voilà qui est mieux, Giovanni. Vous passez trop de temps à jouer avec cet artiste. Si vous n'y prenez pas garde, il finira par vous faire perdre la boule. Il est complètement timbré, ce gars-là... un adulte avec un cerveau d'enfant.

Johnny repensa à cet incident pendant toute la matinée, jusqu'à l'heure de la récréation. En se rendant une fois de plus dans « La Rue », il continuait à se masser la gorge et à essayer ses cordes vocales. Bon sang ! C'était quand même un drôle de truc.

Drôle et inquiétant.

« Mais qu'est-ce qui m'arrive ? »

Comme d'habitude, Boden l'attendait, son bloc à la main.

Johnny s'assit sur le banc et prit la pose. Le portrait était presque terminé. L'heure de la grande révélation approchait. D'une autre révélation aussi, peut-être, mais Johnny en doutait. Il n'avait constaté aucune espèce de changement dans le comportement de Boden pendant tout le temps qu'ils avaient passé ensemble.

Le miracle qui se produisit soudain échappa totalement à Johnny. Boden fut le seul à y assister, le seul à entendre les voix, des voix inconnues qui demandaient le professeur Boden, qui le réclamaient au Pentagone, qui insistaient pour qu'il se présente à l'état-major général de l'armée.

Johnny ne se rendit compte du changement survenu qu'en voyant Boden lever les yeux vers le plafond comme s'il y apercevait un spectacle stupéfiant. L'expression du savant se modifia comme par enchantement. Sa figure puérile, inexpressive, fit place à un visage d'homme d'une autre génération, plus âgé et plus intelligent.

Le bloc et le fusain lui glissèrent des doigts. Il avait complètement oublié Johnny.

— Ah ! non, ça ne va pas recommencer ! s'écria-t-il d'une voix dure, autoritaire. Le lancement des fusées au large de Terre-Neuve remonte à 1953. Nous avons détecté le premier indice de la ceinture de radiations, n'est-ce pas ? Fichez-moi la paix, je ne veux plus entendre parler de ça !

Il ramassa son bloc et son fusain, observa attentivement Johnny sans remarquer la stupeur de son compagnon et se remit à dessiner.

— Tu sais, John, dit-il d'une voix douce, l'art de tuer ses semblables est devenu trop compliqué. Tiens-toi tranquille, John, tu remues trop !

Johnny s'apprêtait à l'interroger sur Sloan lorsqu'il sentit sa gorge se nouer. Il s'aperçut qu'il était de nouveau incapable de dire un mot. Il avait la langue collée au palais, les cordes vocales paralysées.

— Nous sommes obsédés par la perspective du cataclysme final et de la décision irréversible, reprit Boden. Tu as encore bougé, John.

« Je vous en supplie, laissez-moi l'interroger. Il faut que je l'interroge ! »

— Chez nous, il y a trop d'intellectuels qui ont peur d'utiliser le pistolet du bon sens, peur de leur propre existence ! Et je suis l'un de ces intellectuels, mon garçon. Ne remue pas comme ça, je te prie.

Johnny s'adossa au mur, le front ruisselant de sueur. Boden continua à dessiner.

« Je vais lui poser la question par écrit. Non, ça risquerait de le faire retomber en enfance. Il faut que je récupère ma voix ! »

— Le monde est en train d'orchestrer une gigantesque symphonie d'anéantissement total et j'ai contribué à la création d'une marche destinée à arrêter tout ce qui marche. John… (Boden leva les yeux, l'air contrarié.) Comment veux-tu que je termine ce portrait si tu me tournes le dos ?

Johnny se tortilla sur son siège en s'efforçant de parler.

« Ne t'affole pas. Au dortoir, c'est revenu tout seul, pas vrai ? Pas de panique ! »

— Un beau jour, je me suis aperçu que je luttais contre moi-même, contre mon intelligence et ma raison, et que j'avais perdu mes illusions dans la bataille. (Il observa les yeux de Johnny.) Ah ! ce coup-ci, ça vient. Oui, mon garçon, j'étais écœuré de voir l'être humain absorber tous les matins sa pilule de venin.

Johnny avala péniblement sa salive. « Je vous en supplie, laissez-moi l'interroger. »

— Vois-tu, John, j'ai été élevé dans la conviction que rien ne pouvait être plus important que la préservation de l'humanité, et, au lieu de cela, je me suis trouvé continuellement obligé de choisir entre le désastre atomique et les concessions à une puissance ennemie qui inonde le monde de sa propagande… Oui, ça ne va pas tarder à être fini, mon petit.

Il ajouta quelques touches de fusain à son œuvre.

« Non ! Continue à parler. Continue à dessiner. Continue ! »

Boden fronça les sourcils.

— Je suis essentiellement un homme de science. Laissons les Russes revendiquer les plus gros satellites. S'ils étaient les premiers à découvrir le processus de l'accouplement chez l'hippocampe, mettrions-nous un point d'honneur à connaître avant eux la structure cellulaire interne du cerveau de la sauterelle ?

Johnny était en nage et son cœur battait la chamade.

« Qui a tué Sloan dans la cuisine ? »

« Qui a tué Sloan dans la cuisine ? »

« Qui a tué Sloan dans la cuisine ? »

« Si je continue à répéter cette phrase tout bas suffisamment longtemps, elle finira peut-être par jaillir de ma bouche ! »

— John, s'écria Boden. (Il fit quelques petits claquements de langue impatients.) Cesse donc de remuer les lèvres, veux-tu ? C'est très gênant. (Il traça un trait sur le bloc.) Il y a sûrement une raison à notre présence sur la terre, qu'elle soit naturelle, scientifique ou religieuse.

« Qui a tué Sloan dans la cuisine ? »

— Et puisque nous ne connaissons pas cette raison, j'estime que nous devrions profiter de notre ignorance pour cesser de vivre comme des bêtes sauvages en remplaçant nos demeures par des abris anti-atomiques et l'air pur que nous avons le bonheur de respirer par une atmosphère empoisonnée.

« Qui a tué Sloan dans la cuisine ? »

Le fusain glissa rapidement sur le papier.

— Actuellement, tout le monde est d'accord pour considérer qu'il faudra quinze jours pour anéantir totalement l'espèce humaine. Eh bien, moi, je suis incapable de vivre sous préavis de quinze jours. C'est pourquoi j'ai renoncé à vivre.

— Qui a tué Sloan dans la cuisine ?

Les mots tant désirés avaient enfin jailli des lèvres de Johnny Barrett.

Boden contempla son œuvre.

— C'est fini, John.

— Qui a tué Sloan dans la cuisine ? répéta Johnny d'une voix haletante.

— Oh ! oui… (Boden prit un air songeur.) Je me souviens de ce pauvre Sloan. Salle C, lit n° 4. Pour un aliéné, il avait un sens moral remarquable… Je me trouvais donc dans la cuisine avec deux amis. Nous étions sous la table…

— Qui l'a tué ?

— Je serais bien en peine de dire ce que nous faisions sous cette table, mais il n'en reste pas moins vrai que nous y étions et nous avons vu Sloan accuser cet infirmier…

— Quel infirmier ?

— … et Sloan l'a menacé de révéler au docteur Cristo qu'il avait abusé de certaines personnes faibles d'esprit, dans le quartier des femmes, continua imperturbablement Boden.

Johnny était à la limite de la crise nerveuse. Il haletait.

— Qui ? gémit-il d'une voix étranglée.

— Wilkes, répondit Boden en montrant son dessin avec un sourire. Regarde, John, c'est rudement ressemblant.

« Wilkes ! C'était Wilkes ! J'ai tiré l'affaire au clair ! »

Johnny voyait à peine le portrait que lui présentait fièrement Boden. Le triomphe lui mettait la tête en feu. Ce fut seulement lorsque Boden le lui mit sous le nez qu'il eut un mouvement de recul.

— Qu'est-ce que c'est ? demanda-t-il avec un frisson.

— Ton portrait, voyons, répondit Boden surpris.

— Tu es complètement cinglé, lui déclara Johnny Barrett. Ce n'est pas moi.

Ça ne pouvait pas être lui.

Le portrait était celui d'un homme au visage froid et dur, aux joues creuses, aux traits tirés, aux yeux hagards dont la fixité vitreuse indiquait le psychopathe invétéré.

— Je ne peux dessiner que ce que je vois, riposta Boden d'un ton pincé.

Une simple rebuffade d'un ami avait presque suffi à le faire retomber en enfance. L'ami en question, qui s'appelait John, poussa brusquement un cri déchirant, saisit le dessin et le déchira en mille morceaux. Avant que Boden ait pu se protéger, Johnny Barrett s'était jeté sur lui et le rouait de coups en vomissant un flot d'injures ignobles.

Les coups de sifflet des infirmiers tirèrent alors « La Rue » de sa léthargie.

L'EXTÉRIEUR

Cathy contempla son corps nu dans le miroir de la loge et frissonna. La moiteur consécutive au dernier spectacle de la soirée faisait luire sa chair d'un étrange éclat. La cascade d'or de ses longs cheveux scintillait sous les lumières crues de la loge encombrée. Cathy regarda ses yeux dans la glace. Elle fut horrifiée par ce qu'elle y découvrit : une femme esseulée prête à tout démolir.

De nouveau, elle frissonna et prit son peignoir orange, celui qui plaisait tant à Johnny. Johnny… De toutes ses forces, elle essaya de ne pas penser à lui.

— Tu viens, Cathy ?

C'était Nadine, qui affolait tous les gogos avec trois ballons disposés aux bons endroits. Nadine était une brune époustouflante déjà dotée par la nature de rondeurs non moins judicieusement réparties.

Cathy passa un peigne dans ses cheveux défaits. L'échec avait imprimé à ses lèvres succulentes un arc farouche.

— Non, merci, mon chou. Tu sais bien que je ne sors plus.

— Voyons, Cathy ! fit Nadine d'un ton de reproche.

— Navrée, Nadine. Sauve-toi, va. Et amuse-toi bien.

Nadine hésita sur le pas de la porte.

— Réfléchis un peu, mon poussin. Il y aura sûrement quelques beaux garçons pleins aux as, à cette soirée. Tu noieras tes soucis dans le champagne. Je sais bien que tu es en bisbille avec Johnny et que tu en as assez de lui, mais tu ne vas tout de même pas t'embêter avec ça ! Allez, viens…

— Non.

— Comme tu voudras, rétorqua Nadine d'un ton pincé. Après tout, c'est ta vie. T'es bien libre de la gâcher comme tu l'entends !

La porte de la loge claqua derrière elle et Cathy se retrouva seule. Depuis quelque temps, elle était toujours la dernière à quitter le cabaret pour rentrer chez elle.

Le peigne crissait dans ses cheveux blonds d'une façon horripilante. Elle le jeta au milieu du fouillis qui régnait sur la coiffeuse. Le visage dans le miroir commença à la narguer. Des cernes sous les yeux, les joues creuses et cette sacrée veine qui battait sur sa tempe droite. Johnny Barrett et ses idées mirobolantes ! Elle était vraiment en pleine forme, pas d'erreur ! À ce train-là, elle n'allait pas tarder à le rejoindre dans son asile de dingues. Johnny, Johnny…

Elle n'était que trop consciente du gonflement anormal de ses seins fermes et de cette sensation de vide au creux de l'estomac… La crispation de ses cuisses devenait intolérable.

Maudit Johnny ! Maudit Swanee ! Maudit Doc Fong ! Et maudit soit le jour où son amant avait découvert cette passionnante affaire de meurtre qui lui avait semblé le moyen de satisfaire son ambition et d'atteindre le but de son existence, le prix Pulitzer !

Cathy étouffa un sanglot avant qu'il n'ait pu sortir de sa gorge. C'était elle, Cathy, qui aurait dû être la récompense à laquelle aspirait Johnny Barrett, vous ne trouvez pas ? Malheureusement, ce n'était pas le cas. Avec les hommes, ça ne se passait jamais comme ça. Ils n'étaient pas comme les femmes qui se contentent de leur foyer, de leurs gosses et de leur bonheur. Non, il fallait toujours qu'ils s'agitent, qu'ils se lancent dans une nouvelle affaire, qu'ils gagnent quelque chose, qu'ils montent plus haut, toujours plus haut. Oh ! mon Dieu !

Elle découvrit une cigarette oubliée dans le paquet froissé qui voisinait avec la boîte de kleenex, s'y reprit à trois fois pour l'allumer et aspira goulûment la fumée jusqu'au fond de ses poumons.

C'était injuste ; terriblement injuste.

Pourquoi fallait-il qu'elle reste toute seule ? La plus belle de toutes les belles, disait-on. Pourquoi serait-elle condamnée à une chasteté de carmélite à cause d'un imbécile ? La plastique la plus désirable qu'on ait jamais vue sur les planches, disait-on. Pourquoi souffrir pour un projet insensé ? La ravissante, l'adorable, l'affolante Cathy, la « strip-teaseuse chantante »...

Swanee et sa mandarine... Fong et son crayon... Johnny et son projet. Mais pour ce qui était de Johnny...

Cathy s'aperçut avec amertume qu'elle était une fois de plus en train de pleurer et que son visage fatigué était baigné de larmes.

— Ça suffit comme ça, fit soudainement une grosse voix d'homme, derrière elle.

Cathy releva la tête pour voir dans la glace qui c'était.

Décidément, il n'y avait plus un seul coin tranquille dans le monde. Dans son monde, à elle, en tout cas.

Connor s'était planté derrière elle, ses puissantes épaules appuyées contre la porte de la loge. Il la détaillait d'un œil impavide et insolent. La mince cigarette plantée entre ses lèvres charnues s'accordait bien avec la coupe raffinée de son smoking et son impeccable nœud papillon. Ses cheveux noirs rejetés en arrière et son visage bronzé, aux méplats accentués, étaient aussi brillants qu'à l'accoutumée.

— On frappe avant d'entrer, même quand on est le patron, lui dit Cathy d'un ton rogue. Et occupe-toi de ce qui te regarde !

Connor se garda bien de reculer. Il ôta la cigarette de sa bouche et secoua la tête d'un air excédé.

— T'as beau être la plus jolie fille que j'aie jamais rencontrée entre le Maine et Tahiti, n'empêche que t'es la reine des pommes, Cathy !

— Merci du renseignement, dit-elle sèchement. Si ça ne te dérange pas, je voudrais bien m'habiller.

— Te gêne pas pour moi.

Pour lui faire face, Cathy pivota sur sa chaise en resserrant les pans de son peignoir sur sa poitrine.

— Je serais désolée de rompre mon contrat, Connor. Malgré tous les inconvénients que ça présente, j'aime bien travailler ici.

— Madame est vraiment trop bonne, ricana Connor. Cinq cents dollars par semaine, c'est toujours bon à prendre, pas vrai ?

Cathy soupira et se tourna de nouveau vers la glace.

— Qu'est-ce que tu attends de moi au juste, indépendamment du plaisir de m'ajouter à ta collection ?

Connor s'approcha. Dans la glace, il avait l'air d'un géant.

— Je suis au courant de ce qui se passe, je vois une occasion de me placer et je tente ma chance, une fois de plus. Y a pas de mal à ça, non ?

Cathy se raidit.

— Qu'est-ce qui se passe ?

Il haussa les épaules et essaya de poser ses grosses pattes sur les épaules de Cathy. Elle esquiva d'un coup de reins et il examina négligemment le bout de sa cigarette.

— Les nouvelles vont vite, dans une boîte de nuit… Les garçons bavardent, les filles papotent, les musiciens entendent certaines choses. En fin de compte, ça arrive à l'oreille du patron. D'une façon ou d'une autre, la vérité finit toujours par se savoir.

— La vérité ? (Cathy s'efforça de ne pas ricaner.) Un escroc dans ton genre devrait éviter d'employer des mots dont il ignore le sens.

Connor éclata de rire.

— Un des trucs qui me plaisent le plus chez toi, Cathy, c'est ta magnifique insolence d'Irlandaise. T'as un sacré culot de me parler sur ce ton-là ! À ce stade de la conversation, n'importe qui d'autre aurait un bras cassé !

Cathy maîtrisa ses nerfs.

— Alors ?

— La rumeur publique m'a appris que Johnny était hors course. Définitivement hors course. Je me suis laissé dire qu'il avait perdu la boule et que tu te serais rendue dans je ne sais quel asile, le jour de la visite. C'est vrai ?

— Et en admettant que ce soit vrai ?

Connor prit un air compatissant.

— Allez, ne m'arrache pas les yeux. Si c'est vrai, je suis désolé. Si c'est réellement terminé, vous deux, je pose une fois de plus ma candidature. Je ne veux pas voir mon effeuilleuse favorite se morfondre.

Cathy soupira.

— Bon, eh bien, je suis très touchée de ta sollicitude. Et maintenant, tire-toi, tu veux ? J'ai envie de rentrer chez moi, je suis fatiguée.

— Tu vois Johnny demain ?

— Peut-être.

— S'il est vraiment cinoque, ça ne doit pas être marrant.

— Ce n'est pas marrant.

— Pas marrant du tout, répéta Connor. Mais très intéressant.

Sa main brûlante emprisonna l'épaule de Cathy. Elle essaya de se libérer, mais, brusquement, il lui passa son autre bras autour de la taille.

— Écoute, bébé, murmura-t-il posément. Faut pas me prendre pour un tocard qui a des intentions malhonnêtes. J'en pince pour toi, sérieusement. Les filles, j'en ai eu ma part, comme tu sais. Pour toi, je suis prêt à faire une croix dessus et à miser tout ce que je possède sur Cathy gagnante et placée. Je ne veux pas te faire de peine. Si tu dis oui, on est associés pour la vie.

— Connor ! Espèce de salaud !

— C'est ça, sors tes griffes. C'est comme ça que tu me plais.

Cathy essaya de se libérer, mais elle n'y parvint pas.

De sa main libre, Connor commença à la caresser savamment.

— Connor…

— Dis le mot magique, Cathy, et le monde t'appartient.

Avant qu'elle ait eu le temps de lui répondre, il avait écarté la chaise d'un coup de pied et soulevé la jeune femme sans effort dans son étreinte puissante. Le peignoir de Cathy s'ouvrit.

Elle vit une lueur fiévreuse s'allumer dans les yeux de Connor et un sourire de satisfaction retrousser ses grosses lèvres sensuelles. Elle ferma les yeux. Brusquement, elle n'avait plus aucune force dans les bras pour se défendre. Connor la plaqua brutalement contre lui, ses cuisses aspirèrent la nudité de Cathy et le tissu rêche de ses vêtements se mit à l'enflammer, à l'écorcher…

Elle poussa un gémissement et se cramponna à lui. Sous la violence de cette attaque brusquée, toute la colère, l'angoisse et les souffrances de la solitude accumulées au cours des deux derniers mois venaient d'exploser en elle.

— Tu vois, Cathy ? murmura Connor d'une voix quasi émerveillée, je ne suis pas si répugnant que ça.

— Connor… haleta-t-elle, l'esprit en déroute.

— Aussitôt que tu auras oublié ce Johnny, nous…

« Johnny… Johnny Barrett. C'est lui l'homme que j'aime. L'homme que je veux. »

La pièce cessa de tourner. Les lumières crues replacèrent tout le décor dans sa véritable perspective : les fards gras, les serviettes à démaquiller, les ampoules poussiéreuses, les soutiens-gorge pailletés et les cache-sexe accrochés à des clous. Tout le corps de Cathy se rebella, se révolta contre l'égarement qui lui avait fait perdre la notion du temps, du lieu et de la réalité.

— Lâche-moi, Connor ! lui intima-t-elle d'une voix glaciale.

— Tu plaisantes !

— Si tu ne me lâches pas immédiatement, je hurle.

— Non mais, tu rigoles ? Qui est-ce qui t'entendra, si tu cries ?

Cathy rejeta la tête en arrière et lui cracha alors en pleine figure.

Ce fut plus efficace que les ongles, les gifles ou les cris.

Connor relâcha son étreinte et recula en titubant. Cathy chercha à tâtons derrière elle, sur la coiffeuse, une bonne brosse à cheveux. Elle n'avait pas la moindre idée de la façon dont il allait réagir.

La fureur empourpra le visage arrogant de Connor. Une lueur de folie s'alluma dans ses yeux.

— Je devrais te foutre la gueule en bouillie, graillonna-t-il. Jamais personne n'a craché sur Joe Connor.

Cathy garda son calme.

— Avoue que ça valait la peine, Connor ! Jamais tu ne m'avais encore approchée d'aussi près. Tu aurais tort de te plaindre.

— Mais qu'est-ce qui t'a pris, nom de Dieu ? rugit-il soudain, toute son exaspération masculine remontant d'un seul coup à la surface. Tu commences par m'encourager, et puis, tout d'un coup, rideau, bas les pattes ! Ah ! les femmes ! Je dois être dingue, pas d'erreur !

— J'appartiens corps et âme à un grand dadais de

reporter et je suis absolument incapable de vivre sans lui. Et maintenant, tu veux bien sortir de cette loge et me foutre la paix ?

Connor n'avait pas fait son chemin à la force du poignet pour rien. Il n'était pas parvenu à la place qu'il occupait dans un milieu brutal et cruel sans savoir reconnaître un jeu truqué quand il en voyait un. Il savait gagner, mais il savait également perdre.

— Excuse-moi, Cathy. Je m'en vais.

— Merci, Connor.

— À demain ?

— À demain.

Après son départ, Cathy s'habilla en toilette de ville avec des gestes raides, sans vie. Comme une morte. Comme les catatoniques au milieu desquels vivait Johnny à l'hôpital psychiatrique. Elle ne put s'empêcher de songer à la tête effrayante qu'il avait maintenant, avec son visage ravagé et son regard inquiet. C'était peut-être de la comédie, mais tout le monde sait à quel point il est dangereux de jouer avec sa raison. L'opinion de Doc Fong et de Swanee importait peu à Cathy. C'était la Bible qui était dans le vrai. Quand on joue avec le feu, on se brûle.

À chaque séance, son propre numéro devenait de plus en plus pénible à exécuter. Donner des coups de ventre, faire tournoyer son nombril, balancer ses tripes dans la poire des spectateurs, c'était lamentable de faire ça tous les soirs devant des inconnus. Les somptueux cachets eux-mêmes n'y changeaient absolument rien.

Cathy ne voulait pas d'un ersatz. Elle voulait son Johnny. Si seulement il l'avait désirée autant qu'elle le désirait !

Elle ferma la porte de sa loge à clé derrière elle et suivit le long couloir qui conduisait à la sortie. Le claquement de ses talons aiguilles se répercutait en grands coups sourds dans son inconscient.

Elle essaya de penser à autre chose, de ne pas se laisser obnubiler par la perspective de la visite à faire à Johnny le lendemain. Le voir pour jouer le rôle écrasant, monstrueux de la pauvre petite sœur qui a failli se faire violer par le vilain grand frère !

C'était affreux, vraiment affreux.

Affreux de penser que ça n'avait aucune chance de se réaliser avant bien, bien longtemps !

LA FENÊTRE

La camisole de force lui rappela le « Trou » et Trent ; mais cette fois ce n'était pas tout à fait la même chose. Johnny se trouvait dans une chambre toute blanche, silencieuse. Il avait un souvenir précis de la raclée qu'il avait administrée à ce pauvre Boden. Il avait toute la scène en mémoire, à une exception près, une exaspérante lacune…

« Boden m'a dit comment s'appelait l'assassin. Il m'a donné son nom et je suis incapable de m'en souvenir ! »

Mais l'arrivée du docteur Cristo, accompagné de Wilkes, ne lui laissa pas le temps de se tracasser. Le visage maigre du médecin était soucieux. Quant à Wilkes, il était souriant et gentil, comme toujours. Johnny eut honte de tout le mal qu'il leur donnait. Il avait l'impression de ne pas mériter leur sympathie, d'en profiter abusivement.

— J'ai esquinté Boden ? demanda-t-il.

De la tête le docteur Cristo fit signe que non.

— Rien de grave. Il a repris ses petits jeux, à quatre pattes par terre.

— Je suis content de ne pas l'avoir estropié. Mais

c'est vache de passer toute une nuit dans cette camisole de force !

— Vous êtes ici depuis quinze jours, John.

« Quinze jours ? Où sont-ils passés ? Je croyais être là depuis peu… C'est impossible, il ment. Si j'étais resté quinze jours ici, je le saurais… Si seulement je pouvais me rappeler le nom que m'a donné Boden ! Ça y est ! Je me souviens ! »

— Docteur Cristo, annonça Johnny les yeux brillants, je sais qui a tué Sloan dans la cuisine.

Cristo et Wilkes échangèrent un regard. Le médecin paraissait affligé.

— Vous vous êtes laissé monter la tête par les autres malades, John.

— Je vous dis que je m'en souviens. Téléphonez à mon journal. Appelez Swanee. Dites-lui que je sais qui a fait le coup. Je connais l'assassin. C'est le docteur Cristo. Non… c'est Cathy. Non, c'est moi qui ai tué Sloan. Oui, c'est ça. J'ai tué Sloan !

Le docteur Cristo ne l'écoutait plus. Il s'était tourné vers Wilkes.

— Laissez-lui la camisole jusqu'à nouvel ordre.

Wilkes prit un air navré, comme d'habitude.

— Bien, monsieur.

Johnny Barrett n'entendit pas le docteur Cristo sortir de la pièce. Il se sentait l'esprit dégagé, soulagé d'avoir retrouvé le nom de l'assassin de Sloan.

— Vous êtes bien sûr que c'est vous qui avez tué Sloan ? chuchota la voix de Wilkes contre son oreille.

« Ce brave vieux Wilkes ! »

— Évidemment que j'en suis sûr.

— Qui l'a tué, monsieur Barrett ?

— Cathy. Oui, c'est Cathy qui l'a tué.

— Pourquoi vous intéressez-vous à Sloan ?

— Wilkes a tué Sloan, déclara soudain Johnny. L'infirmier resta impassible.

— Qui vous a dit que je l'avais tué ?

— Le docteur Cristo. Non... (Johnny secoua la tête. La douleur lancinante recommençait.) C'est Cathy. Parfaitement. C'est elle qui l'a tué.

Wilkes n'insista pas et se retira en fermant la porte à clé. Le bruit de ses pas décrût dans le couloir. Johnny, les yeux dilatés, regardait fixement le plafond. Son visage angoissé ruisselait de sueur.

— Faites quelque chose pour ma tête ! hurla-t-il. J'ai mal !

« Pourquoi une fille bien comme Cathy aurait-elle assassiné un inconnu comme Sloan ? »

Ce problème torturait Johnny Barrett.

*

Le jour où ils le ramenèrent à la salle B, il était au régime de la semi-liberté. On lui avait immobilisé les mains en les fixant à une ceinture de cuir par les poignets. Aucun de ses compagnons de chambre ne fit la moindre observation. Pagliacci, assis sur son lit, sourit sans rien dire. Mathusalem resta couché par terre, la tête dissimulée sous son éternel chandail. Jekyll et Hyde continuèrent leur silencieuse partie de cartes comme si de rien n'était. Quant à « Mélancolie incurable », il regardait fixement le mur d'en face.

Aucun des malades ne détourna les yeux lorsque le docteur Cristo fit son entrée, suivi de Wilkes et de

Lloyd. Ils se dirigèrent vers Johnny qui était planté devant la fenêtre, raide comme un piquet.

— Comment ça va, John ?

Johnny ne répondit pas.

— Pourquoi n'allez-vous pas faire un petit tour dans « La Rue » ?

Johnny tourna lentement la tête et souleva ses mains entravées.

— Avec ces trucs-là ?

— Qu'est-ce que vous leur reprochez ?

— Ça me gêne.

— C'est bon signe, approuva Cristo d'un air ravi. Comment va la migraine ?

— Disparue. Je l'ai laissée dans la camisole de force.

Wilkes et Lloyd grognèrent à l'unisson. Cristo sourit.

— Vous savez qui je suis ?

— Le docteur Cristo, répondit Johnny.

— Et lui ? (Le médecin désignait Wilkes.)

— M. Wilkes. Et voici M. Lloyd. Je suis un autre homme, docteur.

Le sourire du docteur Cristo se figea.

— Qui a tué Sloan ?

« Si seulement je pouvais me rappeler ce nom. Fais attention, c'est peut-être un piège. Il y a deux infirmiers dans la pièce, l'assassin pourrait être l'un d'eux. »

— Qui ça ? demanda Johnny.

— Sloan.

— Qui est Sloan ?

Le docteur Cristo fit un signe de tête satisfait et montra la ceinture du doigt.

— Enlevez-lui ça, ordonna-t-il à Wilkes.

Cette décision fut bien accueillie aussi par Lloyd.

— Je crois que ça vous ferait du bien de prendre un peu d'exercice, John, conseilla Cristo. (Il consulta sa montre.) Wilkes, allez donc relever Kellogg à l'hydrothérapie.

— Bien, monsieur.

Aussitôt Wilkes parti, Cristo regarda attentivement Johnny.

— Vous vous ennuyez de Cathy ?

« Attention ! C'est le moment ! »

— Oui, monsieur.

— Qu'est-ce que vous éprouvez pour elle ?

— Oh ! vous parlez de… du sentiment ridicule qu'elle m'inspire ?

— Est-ce vraiment un sentiment ridicule ?

Johnny sourit.

— Mes idées sont un peu confuses, docteur. À deux reprises, quand j'étais dans le Trou et dans cette chambre, je me suis rendu compte que j'avais tort de la désirer. Je veux dire… enfin, vous me comprenez.

— J'ai l'impression que vous faites des progrès, John. De réels progrès.

Le docteur Cristo s'exprimait comme un professeur fier d'un élève récalcitrant qui est en passe de devenir le premier de la classe.

« Je ferai des progrès quand je me rappellerai ce nom. »

— À bientôt, John, dit le docteur Cristo ; il sortit alors de la salle B avec Lloyd.

Pagliacci s'était mis à attaquer un air de *Madame Butterfly* lorsque Johnny franchit de nouveau la porte conduisant à « La Rue ».

*

Le corridor était presque désert. Johnny s'assit sur le premier banc venu et essaya de réfléchir. Aucune pensée ne se manifesta. Le vide de sa mémoire le stupéfia. Qu'est-ce qui lui arrivait ? Il ne pouvait plus se rappeler maintenant un simple nom ? Alors que ce nom était la seule chose dont il avait besoin pour mettre fin à toute cette comédie ! Le prix Pulitzer, suprême consécration du meilleur reportage de l'année, était là, à portée de sa main. Pour l'atteindre, il lui suffisait de dissiper les ténèbres qui dissimulaient le nom oublié.

Il regarda le long corridor. Un malade apparut et se dirigea lentement vers lui. Johnny cligna des yeux. C'était Pagliacci. Mais pourquoi n'avait-il pas reconnu immédiatement le colosse ? Pourtant, on ne pouvait confondre Pagliacci avec personne, c'était impossible. Ou possible ?

Il se frotta les yeux. Son cerveau commençait réellement à dérailler. « Quel était donc ce nom, bon Dieu ? »

— Salut, John ! dit Pagliacci en s'asseyant à côté de lui.

— Salut, Pagliacci !

— On dirait que nous sommes seuls, John.

— C'est ma foi vrai…

Pagliacci gloussa.

— La récréation, ça n'a plus l'air d'intéresser grand monde !

Sur ces mots, Pagliacci croisa les bras sur son énorme poitrine et se tut. Johnny ne fit aucun effort pour renouer la conversation et continua à réfléchir. De toute façon, il n'était pas d'humeur à bavarder.

« Quel était ce nom ? »

« Un infirmier en pantalon blanc. Stuart l'avait vu,

Trent l'avait vu, Boden l'avait vu. Et Boden l'avait même désigné par son nom. »

Johnny se frotta désespérément les yeux. Il y avait mal. On eût dit que quelque chose s'efforçait d'en sortir.

« Bien sûr. Il y a bel et bien quelque chose d'enfermé là-dedans… C'est ce nom que j'ai oublié… »

La première goutte de pluie surprit Johnny au dépourvu et il leva brusquement les yeux. Il n'y avait rien à voir, rien sinon la vaste étendue grise du plafond. Johnny, perplexe, secoua la tête et examina le creux de sa main.

Une petite goutte brillante scintillait au milieu.

Une goutte de pluie.

— Vous sentez ? demanda-t-il à Pagliacci.

— Quoi ? marmonna distraitement le colosse.

— Il commence à pleuvoir, déclara Johnny d'un ton péremptoire.

— J'aime bien la pluie, grommela Pagliacci, et il referma les yeux.

Soudain, un grondement de tonnerre ébranla les murs du corridor. Johnny frissonna et se blottit peureusement contre Pagliacci. Un éclair en zigzag illumina le couloir sur toute sa longueur.

Johnny scruta désespérément les profondeurs du corridor.

Il était désert. Johnny tourna les yeux vers le banc, à côté de lui. Pagliacci avait disparu. Les échos du tonnerre se répercutèrent d'un bout à l'autre du corridor. Johnny se leva d'un bond.

La pluie commençait à tomber avec violence.

Johnny partit en courant.

La pluie le cinglait. Son visage et son corps étaient

ruisselants d'eau. Son uniforme de toile grise était complètement trempé. L'eau lui dégoulinait le long des jambes et débordait par le haut de ses chaussures. Il chercha frénétiquement une encoignure de porte où s'abriter.

Le corridor s'ouvrait devant lui comme un gouffre béant ; il se prolongeait très loin en une perspective de lignes parallèles convergeant vers l'infini.

« Où sont-ils tous passés ? Comment ai-je pu me laisser surprendre par l'orage ? Pourquoi Pagliacci ne m'a-t-il pas prévenu ? »

Toutes les portes du corridor étaient fermées à clé. Johnny tambourina à celle de la salle B et secoua la poignée. Elle resta close, comme toutes celles qu'il tenta frénétiquement d'ouvrir. Et le déluge continuait, fabuleux Niagara s'abattant sur le dernier homme restant sur terre pour le purifier. Ou le noyer !

Johnny recommença à hurler. Ses cheveux lui tombaient dans les yeux, son cœur battait follement. La terrifiante tornade mugissait, sifflait et gémissait tandis que de véritables trombes d'eau et de vent balayaient le corridor. Johnny trébucha et tomba la tête la première. Sa figure glissa sur le sol inondé.

Il se releva au beau milieu d'un cyclone qui le gifla comme le souffle d'un monstrueux ventilateur. Les chaises et les bancs voltigeaient et valsaient dans des positions invraisemblables, fonçaient sur lui en faisant entendre d'abominables crissements.

La cataracte l'engloutit, le fit retomber à genoux.

Des tonnes d'eau se déversèrent furieusement sur le corridor.

Johnny essaya en vain de se cramponner au mur. Le

torrent de cauchemar le submergea, son dernier cri se perdit dans le rugissement monstrueux de l'eau et du vent.

Il était en train de se noyer.

Il sombrait, abandonné de tous...

C'était la fin. Peut-être la fin du monde.

Johnny Barrett ouvrit les yeux.

Quelqu'un poussait des cris stridents qui se muaient en glouglous ridicules.

Le corridor était plein de bruit et de lumière ; les malades s'y pressaient, en se livrant à leurs activités habituelles. Johnny tâta ses vêtements, son visage, ses cheveux. Secs. Secs comme de l'amadou !

À côté de lui, Pagliacci ricanait.

— Pas très drôle, ça, John.

À ce moment-là seulement, Johnny Barrett comprit que c'était lui qui avait crié, lui qui s'était enfoncé dans cet horrible cauchemar et en était ressorti à l'insu de tous. Personne ne s'était soucié de l'abominable expédition qu'il venait d'effectuer.

« C'est Wilkes ! Je me rappelle ! C'est Wilkes ! »

Le nom était là, éblouissant, illuminé par le projecteur de la mémoire. Plus rien ne restait dans l'ombre. Johnny revoyait même le mouvement des lèvres de Boden au moment où il avait prononcé le nom.

« Wilkes ! Wilkes ! Wilkes ! »

Il était de nouveau parfaitement lucide. Il exultait. Il fallait dénicher au plus vite le docteur Cristo et lui apprendre la vérité, avant qu'un nouveau contretemps ne vienne une fois de plus tout mettre sens dessus dessous.

« Wilkes ! Le dernier auquel j'aurais pensé ! Wilkes ! »

— Arrêtez de crier, John, lui dit Pagliacci. Le docteur Cristo arrive. Inutile de répéter son nom quinze fois de suite.

Effectivement, le docteur Cristo était revenu. Il paraissait contrarié, mais il avait quand même l'air compréhensif, rassurant. Un homme aussi équilibré ne se laissait pas troubler par les clameurs du corridor.

— Vous avez quelque chose à me dire, John ?

Johnny essaya de maîtriser son émoi, mais les mots se bousculaient sur ses lèvres.

— Je vous en prie, docteur Cristo. Il faut que vous m'écoutiez. C'est très important.

— Je vous écoute, John.

— Il faut me faire sortir d'ici. Téléphonez à mon journal. Appelez Swanee. Il sait pourquoi je suis là. Je vous en prie.

— Allons, John. (Cristo semblait soucieux.) Vous n'allez pas recommencer ?

Johnny ne put se contenir. Son empire sur lui-même se volatilisa en explosant comme un pétard.

— Wilkes a tué Sloan ! Je le jure ! Arrêtez Wilkes !

— Je croyais que c'était vous qui l'aviez tué, John, riposta tranquillement Cristo.

La colère submergea Johnny.

— Bon Dieu, docteur ! Je ne suis pas dingue ! C'est mon journal qui m'a envoyé ici ! Je me suis introduit à l'hôpital en fraude !

Le docteur Cristo soupira et chercha des yeux un infirmier. Johnny, affolé, reconnut ce regard et comprit ce qui allait se passer.

« Il va m'expédier au Trou. Il m'a déjà fait le coup. Il faut absolument que je liquide cette histoire avant d'avoir un autre cauchemar. Il faut que je trouve Wilkes et que je lui cogne dessus jusqu'à ce qu'il avoue. »

— Allons, John, dit Cristo. Je crois qu'il est préférable que nous…

— Excusez-moi, docteur, coupa vivement Johnny. C'est passé. Vous m'avez bien dit un jour que même quand j'irais mieux, il m'arriverait d'avoir des petites rechutes, n'est-ce pas ?

— C'est exact.

— Eh bien, c'est fini. Ce n'était qu'une bouffée de folie. C'est reparti comme c'était venu. J'ai retrouvé mon équilibre.

Le médecin parut soulagé.

— Je vous préfère comme ça, John. Et maintenant, oubliez ce Sloan.

— Je vais essayer, je vous le promets.

— Bien. Pourquoi ne tenez-vous pas un peu compagnie à Pagliacci ? Demandez-lui de vous chanter *La Bohème*.

— Oui, docteur.

Lorsque Johnny se rassit à côté de lui, Pagliacci lui sourit, puis il ferma les yeux, croisa les bras sur son énorme ventre et retourna dans son univers personnel. Ses lèvres s'agitèrent et il se mit à fredonner tout bas. Johnny ne l'entendit pas. Il était plongé dans ses pensées. Il devenait de plus en plus difficile de simuler la démence, d'être obligé de raisonner en homme sain d'esprit tout en faisant croire qu'on déraillait. Ainsi pour Wilkes…

« Attends une minute, dit le cerveau de Johnny Barrett. Cristo a envoyé Wilkes quelque part. Mais où ? Ah ! J'ai trouvé ! À l'hydrothérapie ! »

Pagliacci ne vit pas Johnny Barrett se lever et se diriger vers la porte, tout au bout du couloir. Il aurait pu s'étonner de la froide détermination qu'exprimait soudain le regard de son voisin de lit.

La salle d'hydrothérapie…

C'était là que la piste se terminait.

Là que se trouvait la clé de l'énigme.

C'était là que l'assassin de Sloan faisait semblant de ne s'intéresser qu'au bien-être des malades mentaux.

Là aussi que le prix Pulitzer attendait le reporter qui rêvait d'en devenir le lauréat depuis le jour où sa voix avait mué.

Johnny Barrett courut vers la salle d'hydrothérapie en se frayant un chemin à coups de coude au milieu des âmes perdues qui encombraient le long corridor.

*

Wilkes l'aperçut dès qu'il fit irruption dans la salle.

L'infirmier, qui était en train de préparer une baignoire pour un malade âgé, leva les yeux, tout surpris ; en reconnaissant Johnny Barrett sur le pas de la porte, il voulut esquisser un sourire.

Mais son sourire se coinça en route, car il venait de se rendre compte du regard de Johnny Barrett, le regard parfaitement lucide et équilibré d'un homme qui savait très bien à quoi s'en tenir et n'ignorait rien de la vérité.

Pendant une seconde, les yeux de Wilkes affrontèrent ceux de Johnny. Les six malades installés dans leurs baignoires recouvertes de grosse toile remarquèrent à peine le duel qui s'engageait devant eux. Leur attention était bien loin de là, car leur intellect tout autant que leur corps se trouvait sous l'effet salutaire de l'eau glacée. Wilkes se redressa. Johnny Barrett entra, les poings en avant. L'eau qui se déversait dans une baignoire en cours de remplissage faisait toutes sortes de glouglous, de clapotis, d'éclaboussures.

— Comment ça va, John ? demanda Wilkes d'une voix affectée.

— Maintenant, ça va bien. C'est vous qui avez tué Sloan.

— Voyons, John…

Wilkes cherchait une arme en tâtonnant. Johnny, les yeux rivés sur l'homme qui détenait la solution de tous ses ennuis, vit à peine son geste.

— Si vous n'avouez pas, Wilkes, je vous tue.

Les yeux de Wilkes devinrent vitreux ; un sourire retroussa les coins de sa bouche. Ses doigts coururent sur sa poitrine. Le sifflet à boucle qui se balançait à son cou, suspendu par un cordon, vola soudain à ses lèvres.

Le sifflet argenté ne put lancer que l'amorce d'un appel strident ; déjà, le poing de Johnny s'abattait sur la bouche de l'infirmier. La violence du coup fit sauter le sifflet des lèvres de Wilkes ; grimaçant sous la douleur, il poussa un grognement. Johnny se jeta sur lui et fit pleuvoir une grêle de coups sur le visage que son adversaire avait laissé à découvert. Au cours de la bagarre, il heurta une baignoire, ce qui lui valut une protestation du malade qui s'y trouvait. Mais Johnny n'avait pas le temps de s'arrêter, de réfléchir ou de s'excuser, car Wilkes s'était mis à riposter pour de bon, en homme entraîné à se défendre contre les attaques des fous furieux.

Ce fut une mêlée confuse, un tourbillon de coups brutaux. Johnny ceintura de ses bras la taille de Wilkes et s'y cramponna. L'infirmier grogna et tenta de l'assommer. Johnny voulut enfouir son visage dans la poitrine de son adversaire ; au passage le nœud papillon lui racla le menton. Wilkes poussa un juron.

Leurs deux corps soudés, haletants, bousculèrent les baignoires couvertes d'un dessus de toile. La table qui se trouvait au centre de la salle s'inclina dangereusement et faillit se renverser. Les malades en cours de traitement commencèrent à crier, mais leurs glapissements effarouchés n'atteignirent pas Johnny. Il tenait Wilkes ; il n'y avait que ça qui comptait pour lui.

L'infirmier releva brusquement le genou et Johnny se plia en deux, en proie au pire des supplices. Il tomba à la renverse en suffoquant. Quelque chose de blanc traversa son champ visuel. Wilkes s'échappait.

Une porte claqua. Haletant, Johnny se lança à la poursuite de la silhouette indistincte, réussit à la rattraper et s'y cramponna, sans même se rendre compte clairement que le combat s'était déplacé de la salle d'hydrothérapie à la cuisine.

L'immense table de bois blanc, couverte de plats, d'assiettes et d'ustensiles variés, ne lui causa aucune surprise. Il ne voyait que Wilkes, terme de la longue piste qu'il suivait depuis des mois ; Wilkes qu'il fallait mettre hors d'état de nuire, Wilkes qu'il fallait faire avouer...

Maintenant, Wilkes cognait comme un sourd. Johnny sentit le goût du sang sur ses lèvres, mêlé à l'odeur fade des légumes bouillis et aux relents d'eau de vaisselle. Des objets métalliques scintillaient sur les étagères et sur les murs ; des cuillers, des fourchettes, des casseroles, des poêles à frire, des couteaux à découper...

Le visage ensanglanté de Wilkes vacilla devant Johnny qui balança le poing. Le visage disparut. Johnny se pencha, empoigna à pleines mains la chemise blanche. Le nœud papillon, tout de guinguois, ressemblait à un petit drapeau ridicule. La table se mit à tanguer. Saisissant Wilkes par les pieds, Johnny le traîna sur l'interminable table encombrée de vaisselle. Le corps de l'infirmier bouscula les piles de plats et d'assiettes. Un épouvantable fracas emplit la cuisine. Le cœur de Johnny tressaillit de joie.

— John, John… bredouilla Wilkes.

— Avoue ! Avoue donc que c'est toi qui as tué Sloan !

— Non, John…

Johnny se servait de Wilkes comme d'un balai pour débarrasser la table, mais en arrivant au bout, il lâcha prise et l'infirmier en profita pour filer. Johnny lui courut après. Un nouveau coup de genou, moins violent que le premier, l'atteignit au bas-ventre. Wilkes vacilla, tâtonna pour ouvrir la porte et passer dans la pièce voisine. Johnny le suivit ; la proximité de la victoire lui mettait la tête en feu ; l'odeur du combat et du sang lui emplissait les narines.

Ils se battaient maintenant corps à corps, dans la salle des catatoniques, étroitement enlacés, ruant des quatre fers, sans se soucier de l'endroit où ils se trouvaient ni du public qui les observait. Les spectateurs regardaient en silence, l'œil vague, sans se douter de la lutte à mort qui se déroulait sous leurs yeux. Wilkes pouvait à peine parler. Il était vigoureux, mais Johnny avait le feu sacré. La conviction de lutter pour la bonne cause décuplait ses forces.

Au loin, il entendit soudain Pagliacci chanter : « *I Pagliacci…* »

Un murmure de voix atteignit ses oreilles. À travers une brume rouge, il regarda le visage tuméfié de Wilkes, au-dessous de lui. Il se rendit brusquement compte qu'il était assis à califourchon sur la poitrine de Wilkes, les deux mains crispées sur les oreilles de l'infirmier.

— Si tu n'avoues pas, je te les arrache !

— John...

La voix de Wilkes se mua soudain en un cri d'angoisse.

— Qui a tué Sloan ?

Quelqu'un se mit à rire, un rire hystérique qui ressemblait au cri d'une hyène. Le joyeux brouhaha s'amplifia.

— Qui a tué Sloan ?

— Ahhh !...

Wilkes ferma les yeux, hermétiquement. Johnny recourut alors à un supplice affreux. Il tordit les oreilles de l'infirmier dans le sens contraire à celui des aiguilles d'une montre. Wilkes poussa un cri déchirant. Les catatoniques formaient le cercle autour des deux hommes qui luttaient par terre ; la tonitruante voix de basse de Pagliacci rompit soudain le silence :

— *Il nome ! Il nome !*

Johnny hurla pour se faire entendre :

— Qui a tué Sloan ?

— Ah ! Ah ! Oh ! Ouille !

Le cri de l'homme couché sous Johnny se mua en un râle de moribond.

— Qui a tué Sloan ? Dis-le ou je t'arrache les oreilles !

La voix de Pagliacci emplit la pièce :

— *La commedia e finita !*

Les oreilles qu'étreignait Johnny avaient viré du

rouge au violacé. Le visage de Wilkes était un masque d'horreur.

— Parle ! Parle !

Il n'y avait aucun secours à espérer, aucune rémission. Les catatoniques qui entouraient Johnny, excités par un Pagliacci radieux et sardonique, ressemblaient à une horde de damnés échappés de l'enfer.

— C'est moi qui l'ai tué, hurla Wilkes en rassemblant ses dernières forces et en souhaitant désespérément être entendu. C'est moi qui ai tué Sloan !

Johnny écarta les doigts et lâcha les oreilles, tout en restant à califourchon sur Wilkes. Le voile rouge qui l'aveuglait se déchira. Sa tête devint étrangement légère. L'épouvantable fardeau que l'anxiété faisait peser sur ses épaules se dissipa. Il eut l'impression d'avoir des ailes. Le corridor était inondé de lumières.

Le docteur Cristo était là, avec Lloyd.

Il y avait aussi Pagliacci et les catatoniques.

Et Wilkes enfin qui geignait sur le ciment poussiéreux.

Ils le regardaient tous fixement. Les yeux du docteur Cristo exprimaient la plus profonde stupéfaction. Johnny comprit que le médecin avait entendu les aveux de Wilkes. Lloyd aussi. Tout le monde !

Un torrent de joie exubérante se déversa dans ses veines. Des flammes brûlantes lui léchèrent le corps. Un triomphal hymne de victoire lui martela le crâne.

— John, demanda le docteur Cristo, comment avez-vous découvert que Wilkes était le coupable ?

— Je me suis fait interner volontairement pour faire ce reportage, docteur. (Que c'était bon de prononcer ces mots-là !) Interrogez Stuart. Interrogez Trent et Boden.

Si vous leur parlez pendant une crise de lucidité, ils vous raconteront ce qu'ils ont vu dans la cuisine.

— Oui, John. Continuez.

— Interrogez également les femmes qui sont internées ici. Wilkes les importunait. Sloan l'avait pris sur le fait et s'apprêtait à vous avertir. Alors Wilkes l'a tué.

La voix de Pagliacci n'était plus qu'un puissant bourdonnement qui emplissait tout le corridor. Lloyd, sa dureté coutumière tempérée par la compréhension, donnait les premiers soins à Wilkes, le réprouvé.

— Nous verrons tout cela, John. Comptez sur nous.

La révélation du crime de Wilkes avait bouleversé le docteur Cristo. Johnny se frotta les yeux.

— Et maintenant, si vous n'y voyez pas d'inconvénient, j'aimerais que vous téléphoniez à mon journal et que vous vous fassiez confirmer par Swanee que je suis bien un simulateur qui s'est introduit dans l'hôpital dans l'intention de démasquer l'assassin de Sloan. (Il adressa un clin d'œil au médecin.) Il était temps que je m'en aille, je commençais à me sentir chez moi, ici. Vous comprenez ce que je veux dire ?

— Je comprends.

— Quel soulagement ! s'écria Johnny Barrett en essuyant ses lèvres sanglantes. Me voilà débarrassé d'un rude souci !

*

Ce ne fut pas sans peine qu'il fit ses adieux à la salle B.

Il fallait prendre congé de Pagliacci, de Jekyll et Hyde, de Mathusalem et d'« Incurable Mélancolie ».

Maintenant, Johnny ne pouvait plus les regarder sans éprouver une certaine émotion. Après tout, il s'agissait d'êtres humains comme lui et, s'il avait joué la comédie, il n'en avait pas moins partagé avec eux les ténèbres et les angoisses de la nuit. « La Rue » allait lui manquer aussi, cette portion quasi insulaire de corridor gris qui constituait un petit monde à part, au beau milieu du vaste hôpital.

Et puis il songea aux articles qu'il allait écrire, au prix qu'il allait décrocher… et à Cathy. Cathy qui l'avait attendu patiemment, tristement. À l'idée de la revoir, son cœur se mit à battre plus vite. Maintenant, il avait hâte de partir.

— Adieu, Pagliacci.

— Adieu, Giovanni. Vous m'enverrez des programmes du Metropolitan Opera.

— Promis.

Ils échangèrent une poignée de main et l'énorme patte d'ours du colosse malaxa affectueusement les phalanges de Johnny.

Mathusalem se réfugia sous son chandail sans mot dire. Johnny tapota amicalement l'épaule du vieillard. Jekyll et Hyde s'inclinèrent avec un ensemble parfait et « Incurable Mélancolie » le regarda partir avec un air lugubre de chien battu.

En sortant de la salle B, Johnny Barrett boucla par la pensée une lourde porte sur les trois mois qui venaient de s'écouler. Il ne songeait plus qu'au merveilleux reportage que ses doigts brûlaient de transcrire sur le papier.

Le corridor s'étendait devant lui. Le long couloir. « La Rue » où s'accumulaient tant d'espoirs déçus, tant de rêves inassouvis qui flottaient dans l'atmosphère comme d'invisibles fantômes.

Il vit Stuart sur un banc, totalement absorbé par une nouvelle carte de Gettysburg, à cent lieues du communisme, des parents fanatiques et des électrochocs du temps présent. Johnny ne fit pas d'adieux à Stuart ; la démence puérile du jeune paysan du Sud lui était insupportable.

Il aperçut aussi le visage noir de Trent, incarnation railleuse du paradoxe racial, sous la pancarte blanche qui proclamait toujours : *Pas d'intégration dans la démocratie – Rentre chez toi, sale négro !* Trent, les yeux étincelants, pérorait furieusement en agitant les bras comme des ailes de moulin, l'invective à la bouche, prêt à lancer l'ordre fatidique : « Bouclez-moi ce sale nègre avant qu'il n'épouse ma fille ! » Johnny ne fit pas d'adieux à Trent. La démence à rebours du Noir lui faisait mal au cœur.

Il aperçut Boden assis en tailleur par terre, et toujours penché sur son carnet à dessin. L'aliénation mentale avait effacé toute trace d'intelligence sur ses traits énergiques d'adulte et lui donnait l'air naïf d'un enfant. Ses yeux étaient encore vifs, mais ils n'exprimaient plus qu'une espièglerie, une malice puérile. Johnny ne fit pas d'adieux à Boden. Sa démence impie lui était intolérable.

Johnny Barrett parcourut rapidement le long corridor.

Il savait ce qu'il allait faire pour commencer. Et tant pis pour le reportage… du moins pour l'instant.

Oui, pour l'instant, il désirait avant tout revoir Cathy.

Pour lui dire un grand, un long bonjour…

LA SALLE D'ATTENTE

Le lendemain de la conversation assez démoralisante qu'il avait eue avec Cathy, Swanee alla trouver le docteur Fong dans son élégant cabinet de consultation. Visiblement, Swanee était inquiet. Depuis le temps qu'il dirigeait un quotidien à grand tirage, il avait appris à ne jamais se départir de son flegme, quoi qu'il arrive, et à dissimuler soigneusement le côté sentimental de son caractère. Mais Johnny Barrett avait tout bouleversé. Swanee n'avait plus aucune envie de peler une mandarine, ni de poser au gros brasseur d'affaires ou de jouer les affranchis. Il adorait Johnny Barrett; peu importait, en définitive, le succès ou l'échec de son reportage. Avant tout, il tenait à ce qu'il ne lui arrive pas de mal.

Fong fut enchanté de le voir, comme toujours, mais l'air soucieux du rédacteur en chef lui donna des inquiétudes.

—Ne fais pas cette tête d'enterrement, dit-il d'une voix égale. Si tu as des malheurs, raconte-les à ton psychiatre oriental favori.

Swanee se rembrunit.

— Non, Doc, je n'ai pas envie de rire. Je commence à être salement embêté.

Fong joignit le bout de ses doigts. Il avait le don de reconnaître les vrais soucis des faux.

— Je t'écoute, Swanee.

En phrases claires, concises, où perçait pourtant une réelle inquiétude, Swanee expliqua les angoisses de Cathy et son effroyable conviction que Johnny Barrett commençait à la considérer pour de bon comme sa sœur. Un nuage fugitif assombrit les yeux de Fong.

— Allez, Doc, je t'écoute, grogna Swanee. Dis-moi la vérité.

— Je vois, dit Fong, pensivement.

— J'aimerais pouvoir en dire autant ! grommela Swanee. J'ai envoyé un petit gars épatant, un journaliste de grande valeur faire un reportage dangereux. Je connaissais les risques, il les connaissait aussi, mais, bon sang… s'il doit ressortir de là cinglé, aucun reportage au monde ne vaut ce prix-là !

— Du calme, Swanee !

— Je m'excuse, Doc. Cathy m'a complètement chamboulé avec son histoire. Oh ! je sais bien que c'est une femme et que les femmes ont souvent tendance à s'affoler pour un rien, mais je tiens à connaître ton opinion.

— Mon opinion sur quoi ?

Swanee l'observa attentivement.

— Oui ou non, est-ce que Johnny risque de se brûler en jouant avec le feu que nous avons allumé ?

— Qu'est-ce que tu en penses, toi, Swanee ?

Le journaliste écarta les bras d'un air accablé.

— Je ne veux pas penser. Je ne veux pas deviner. Allez, Doc, accouche !

Fong se trémoussa sur son siège et se désorientalisa au point de se tripoter le lobe de l'oreille droite. Les coins de sa grande bouche s'abaissèrent pour former un arc de mauvais augure.

— Comme tu le sais, Swanee, j'ai des tas de diplômes. J'ai passé une bonne partie de mon existence à essayer de comprendre l'esprit humain. Et malgré toute ma science et toute mon expérience, il n'y a qu'une seule chose dont je sois sûr.

— Laquelle ?

— C'est qu'on n'est jamais sûr de rien.

Dans le calme et le silence de l'agréable cabinet, Swanee battit des paupières.

— Alors, Doc, tu es en train de me dire que c'est possible, que ce que prétend Cathy…

— Oui, c'est possible, confirma tristement Fong. Je connais Johnny Barrett. Je sais que c'est un garçon courageux, énergique et intelligent. Quant à savoir comment il réagira au jeu auquel il est en train de jouer – simuler la folie – c'est une question dont la réponse ne se trouve dans aucun livre. Comme je te l'ai déjà dit, je pense qu'il est capable d'exécuter la totalité du parcours. De trouver son assassin et de quitter l'hôpital sans y laisser de plumes. Je le crois… mais ce n'est pas une certitude absolue.

Swanee poussa un grognement.

— D'après toi, on ne peut être sûr que d'une chose, c'est qu'on n'est jamais sûr de rien ?

— Exact, tout au moins quand il s'agit de l'esprit humain.

— Alors, il vaudrait peut-être mieux le tirer de là tout de suite, pendant qu'il est encore temps. Et merde pour le reportage !

— En tant que rédacteur en chef, c'est à toi qu'il appartient de prendre la décision, bien entendu. Mais en tant qu'ami, tu sais que c'est exactement aussi dangereux pour Johnny d'abandonner maintenant, sans être parvenu au but qu'il se proposait. S'il échoue, il ne se le pardonnera jamais. Rappelle-toi ce que je t'ai dit.

— C'est ma faute, rugit Swanee. J'aurais dû m'y opposer tout de suite, dès le début.

Fong secoua la tête.

— Il est trop tard pour penser à cela maintenant, Swanee. Beaucoup trop tard.

— Alors, qu'est-ce qu'on fait ?

— Rien, répondit le docteur Fong. Il ne nous reste plus qu'à attendre, à espérer et à prier.

Swanee, déçu, poussa quelques jurons. Ses doigts robustes s'agitaient, en quête de quelque chose à peler, à déchirer ou à fracasser.

Il éprouvait la même sensation que si une bombe à retardement avait été cachée dans un coin de la pièce, prête à exploser. Mais où, quand, comment et avec quel résultat, il n'en savait rien.

— Du calme, Swanee ! lui recommanda Fong avec sollicitude. Moi aussi, je l'aime bien.

— Je sais, Doc. Mais le calme, c'est toujours plus facile à conseiller aux autres qu'à mettre en pratique, hein ?

En tant que psychiatre Fong fut bien obligé de reconnaître en son for intérieur que c'était rigoureusement exact. Le « Vous vous faites des idées » conduit plus de gens chez le médecin que n'importe quelle maladie.

*

Il était encore trop tôt pour que la direction de la police ait été avisée des derniers événements survenus à l'hôpital psychiatrique régional. La sensationnelle capture d'un mystérieux assassin aurait peut-être fait piquer une belle colère au lieutenant Kane qui avait entériné la plainte déposée par Cathy contre Johnny Barrett.

Kane était un bon policier, mais pas un fakir. Avec tout le travail qu'il avait à la direction de la police, il n'avait guère le temps de laisser son imagination se donner libre cours. Dans la police, on est obligé de s'en tenir aux faits et de régler les problèmes au fur et à mesure qu'ils se présentent.

Comme les téléphones qui n'arrêtent pas de sonner, par exemple.

On aurait juré que les personnalités, les cinglés, les parents et les amis s'étaient donné le mot pour lui casser les pieds au moment précis où il était le plus occupé.

Cette fois, c'était la mère Constance, la vieille toquée qui voulait sauver le monde…

Le lieutenant Kane était au téléphone, en train de calmer une femme prête à piquer sa crise de nerfs, lorsque son adjoint, Lennon, fit son entrée, l'air tout ému. Kane murmura quelques paroles de réconfort dans l'appareil et raccrocha.

— Occupé ? demanda Lennon.

— Non. Encore une bonne femme qui se fait du souci à cause de la bombe atomique. Elle me téléphone toutes les semaines pour me prévenir. Le monde court à sa ruine.

Lennon secoua la tête.

— Des râleurs, des cinglés et des imposteurs. Pas d'erreur, on est gâtés !

Sans relever la remarque de son subordonné, Kane demanda :

— Vous aviez quelque chose à me dire, Bill ?

— Oui. Vous vous souvenez de Johnny Barrett ? Ce journaliste que sa sœur a accusé d'avoir essayé de la violer ?

Kane réfléchit une seconde. Oui, il se souvenait. Une fille splendide, avec de longs cheveux blonds. Une effeuilleuse. Barrett était son frère.

— Oui, et alors ?

— Eh bien, j'ai fait une petite enquête aux archives. Cette fille n'a jamais été la sœur de Barrett.

— Comment ?

— Elle n'est pas sa sœur, un point c'est tout. Je suis allé faire un tour au cabaret où elle travaille et j'ai appris qu'ils étaient fiancés, Barrett et elle. Plutôt surprenant de la part d'un frère et d'une sœur, vous ne trouvez pas ?

Kane prit un air blasé.

— De toute façon, ce type est cinglé. L'hôpital municipal et l'hôpital de l'État sont d'accord pour déclarer qu'il est cinglé, donc l'affaire est parfaitement claire.

Lennon parut surpris.

— Parfaitement claire ? Cette fille a bien prétendu quelle était sa sœur, non ?

— Elle a peut-être dit ça pour ne pas le contrarier, parce qu'il était cinglé.

— À moins que ce ne soit pour se débarrasser d'un coquin qui commençait à devenir encombrant, suggéra Lennon.

Kane sourit.

— Lennon, quand vous aurez un peu plus d'expérience, vous comprendrez certaines vérités. Notre rôle a été on ne peut plus simple. Cette fille est venue nous trouver parce qu'un homme l'importunait. Elle a porté plainte en bonne et due forme. Nous avons enregistré sa plainte. Il est possible que les faits invoqués ne soient pas rigoureusement exacts. Il n'en reste pas moins vrai que ce type est bel et bien cinglé. Ça doit nous suffire. De toute façon, l'affaire est réglée en ce qui nous concerne.

— Vous n'êtes vraiment pas curieux !

— Curieux ? répéta Kane. Bien sûr, que je suis curieux. Mais qu'est-ce que vous voulez que je fasse, sacrebleu ? Que je vérifie tout dans les moindres détails ? Comme je vous le disais… justice est faite. Une fille terrorisée a été débarrassée d'un cinglé qui l'importunait de ses assiduités. Un point, c'est tout. Affaire classée.

Lennon prit un air buté.

— Je pensais avoir déniché un truc intéressant. Bon, eh bien, n'en parlons plus.

— Écoutez, mon garçon, lui dit gentiment Kane, je vous assure que j'apprécie vos efforts. Mais ne gaspillez pas votre temps avec ce genre de foutaises. La prochaine fois, parlez-m'en d'abord, hein ?

— Compris, lieutenant. (Lennon se gratta le bout du nez.) C'est l'hôpital psychiatrique de l'État, hein ?

— Qu'est-ce qu'il y a encore ?

— Ce n'est pas là qu'un toqué s'est fait poignarder, l'année dernière ? Ce type à qui on a ouvert le ventre dans la cuisine. C'était un des autres zinzins qui avait fait le coup…

— Lennon, articula Kane d'un ton glacial, vous êtes en train de devenir aussi casse-pieds que la délicieuse vieille dame qui me téléphone au sujet de la bombe. Tout ça, c'est du vent. Changez de disque, voulez-vous ? À moins que vous ne préfériez que je vous trouve une autre occupation ?

— Je me sauve, dit Lennon en riant et il se dirigea précipitamment vers la sortie.

— Vous vous faites trop d'idées.

— J'avoue que je m'en suis fait quelques-unes au sujet de cette fille, de cette Cathy. Je voudrais que vous la voyiez sur scène, ça vaut le coup d'œil.

— Je me doute de ce que ça peut donner, riposta sèchement le lieutenant Kane.

Lennon s'éclipsa en refermant tout doucement la porte derrière lui.

Le lieutenant s'enfonça les pouces dans les orbites comme s'il voulait s'arracher les yeux. Quelle journée ! D'abord la vieille cinoque, ensuite ce petit dégourdi de Lennon qui aurait tué père et mère pour obtenir de l'avancement ; et des détails, encore des détails, toujours des détails !

Mais le mal était fait.

Le lieutenant Kane, en dépit de tous ses efforts pour penser à autre chose, passa une heure à relire le dossier de John Barrett. Pour faire bonne mesure, il alla déterrer l'affaire Sloan du classeur où elle était enfouie. Il étudia soigneusement toutes les dépositions, tous les détails de l'enquête. Et puis il rangea les deux dossiers dans le tiroir du classeur.

Il était rassuré. La police n'avait rien à se reprocher. Elle avait fait de son mieux et, dans les deux cas, elle était arrivée à une conclusion logique. Compte tenu des faits, c'était d'ailleurs la seule possible.

N'empêche que cette affaire était quand même bizarre, si Lennon avait dit vrai. Pourquoi une fille irait-elle prétendre qu'un type est son frère s'il ne l'est pas ? Pas catholique du tout, ça. Et même plutôt vache…

Kane classa le renseignement dans un petit coin de sa mémoire et s'attaqua courageusement au monceau de travail qui s'accumulait sur son bureau encombré. Lieutenant de police ? Laissez-moi rire !

Il y avait des jours où il avait l'impression de n'être qu'un vulgaire scribouillard !

LA SORTIE

— Il a été assez sain d'esprit pour rédiger son article, s'exclama Cathy avec fougue. Il a été parfaitement normal pendant des semaines ! Ne restez pas là comme une souche, à me répéter que vous ne pouvez rien faire pour lui. Pourquoi est-il dans cet état-là ?

Les cernes qui soulignaient ses yeux étaient plus accentués, le rouge de ses lèvres succulentes s'était fané et elle avait un regard de bête traquée. Ses longs cheveux blonds pendaient mollement, tristement.

Johnny Barrett était assis dans un coin du cabinet de consultation, les yeux fixes, figé comme un Bouddha sur le divan de cuir, sous les portraits de Freud, d'Adler et de Young, immobile, rigide, silencieux.

Derrière le rempart de son bureau, le docteur Cristo esquissa un geste d'impuissance.

— Je ne peux rien faire pour lui dans l'immédiat. Il faudra du temps, beaucoup de temps !

— Oh ! mon Dieu !

C'était un cri de désespoir jailli du fond du cœur.

— Miss Barrett… je veux dire Cathy, on ne peut pas simuler la folie, vivre dans un hôpital psychiatrique, se soumettre à toutes sortes de tests et escompter en sortir indemne.

— Docteur, je vous en supplie, expliquez-vous clairement.

— Johnny est atteint de schizophrénie catatonique. (Le docteur Cristo s'interrompit pour examiner Johnny Barrett, à l'autre bout de la pièce. Le reporter soutint son regard sans broncher, sans rien voir.) Quelle tragédie ! Le prix Pulitzer décerné à un aliéné incapable de dire un mot !

— Johnny n'est pas fou !

L'indignation qui flambait dans le regard de Cathy toucha le médecin. Il garda pour lui la protestation qu'il était sur le point de formuler et ordonna, en élevant la voix d'un ton :

— Tendez la main, John !

Horrifiée, Cathy écarquilla les yeux.

Sans un mot, Johnny exécuta l'ordre reçu avec une docilité de robot. Il leva le bras, qui resta tendu à l'horizontale ; pas le moindre sentiment ne se lisait sur son visage.

Cathy se tassa sur son siège.

— Vous voyez ? Muet, catatonique… et il ne baissera plus le bras, tant qu'on ne le lui aura pas ordonné.

— Johnny, Johnny…

— Je suis désolé, Cathy.

Elle releva la tête, ses yeux s'ouvrirent tout grands.

— Johnny ! cria-t-elle encore.

Johnny Barrett ne vit pas Cathy se précipiter vers lui, tomber à ses pieds et l'étreindre. En pleurant, elle souleva l'autre bras de Johnny et se glissa entre les deux ; elle pliait les coudes de force et obligea les bras inertes à l'enlacer. Elle serra Johnny sur son cœur en sanglotant, en répétant inlassablement son nom et en couvrant fébrilement son visage et ses lèvres de baisers. Mais le robot aux yeux secs qui lui faisait face n'eut aucune réaction. L'amour lui-même est impuissant contre la folie.

Le docteur Cristo songeait tristement à cet axiome en regardant Cathy essayer de guérir Johnny Barrett avec son cœur et son âme. La longue chevelure blonde cascadait sur les épaules de la jeune femme. Le robot resta impassible comme une mécanique, inhumain… Cristo soupira et contempla les portraits de Freud, d'Adler et de Young.

— Johnny, Johnny…

Le silencieux cabinet du docteur Cristo continua à retentir des gémissements et des supplications de Cathy.

À des kilomètres de là, Swanee, enfermé avec une bouteille de scotch dans son bureau du *Daily Globe*, se soûlait comme un Polonais pour la première fois de sa carrière. Le rédacteur en chef d'ordinaire si bourru était complètement désemparé. Que pouvait-il faire pour Johnny Barrett… s'il était incapable de lui rendre la raison ?

De son côté, le docteur Fong, beaucoup moins indéchiffrable et oriental que de coutume, compulsait fiévreusement tous les ouvrages techniques de sa bibliothèque. Il fallait qu'il y eût un remède, sinon, la psychanalyse tout entière n'était qu'une farce.

Pour Cathy qui, dès le début, avait été opposée à ce projet qui la terrifiait, Dieu avait jeté un coup d'œil sur la terre, éclaté de rire et flanqué une bonne gifle à Johnny Barrett pour lui apprendre à jongler avec le fondement même de la vie.

— Johnny, gémit-elle en plongeant son regard dans les yeux sans vie. Tu ne me reconnais pas ? C'est Cathy, Johnny. Ta Cathy qui t'aime, qui a besoin de toi…

Les bras qui entouraient le cou de la jeune femme restèrent rigides, indifférents.

Johnny Barrett était mort.

Vive le catatonique muet !

*

« La Rue » était en pleine activité. L'heure consacrée à « se faire des copains » connaissait toujours le même succès. Tous les bancs étaient occupés. Les internés papotaient, musardaient. Les taciturnes, murés dans leur cosmos solitaire, contemplaient la scène distraitement.

Lloyd, l'infirmier, venait d'introduire un nouveau pensionnaire.

Le nouveau venu était un grand jeune homme mince qui contrastait singulièrement avec l'ensemble des malades. Il n'avait pas encore le visage blafard et la tignasse hirsute.

— Vous arrivez à l'heure de la récréation, Bob, lui dit Lloyd. Les pensionnaires dont la conduite est satisfaisante sont autorisés à se réunir dans ce corridor. Ils l'appellent « La Rue ».

— La Rue ? répéta Bob sans comprendre.

— Ben, oui, quoi, répondit Lloyd en éclatant de rire. Un endroit où l'on se rencontre, où on se fait des copains, où l'on se balade… vous voyez ce que je veux dire. Ça vous plaira, vous verrez.

Bob suivit docilement l'infirmier le long de « La

Rue ». Ses yeux de néophyte enregistraient avec stupeur un spectacle entièrement nouveau.

Il voyait défiler des visages tragiques ou hilares, impassibles ou curieux. Aussi loin que portait son regard, il n'apercevait que du gris. L'interminable corridor semblait s'enfoncer dans le néant, se dissoudre dans l'infini.

Parmi tous ces visages, il y en avait un qui appartenait à Johnny Barrett.

Trent passa devant Johnny d'un pas martial en brandissant sa pancarte vindicative et en vociférant, de sa belle voix de gorge :

— Vive la suprématie blanche ! L'Amérique aux Américains ! Chaque fois que vous voyez un nègre, crachez sur lui ! Arrosez-le d'essence et mettez-y le feu avec des torches ! Il paraît qu'ils aiment le jazz, hein ? Eh bien, nous allons les faire danser...

Pagliacci se tenait debout, les bras en croix. Son subconscient faisait jaillir de sa gorge puissante de grands airs d'opéra oubliés depuis longtemps.

Stuart, l'air sombre, était plongé dans l'étude d'une vieille carte écornée de la région de Gettysburg. Il fronçait les sourcils pour mieux réfléchir, mais son visage juvénile dissimulait mal son mépris.

— Mais sacrebleu, général Forrest, si nous nous replions, nous perdons cinq mille hommes. Puis-je me permettre de vous proposer respectueusement...

Mathusalem était tapi dans un coin, la tête enfouie sous son chandail, dans un univers de ténèbres. Jekyll et Hyde continuaient leur sempiternelle partie de cartes, leurs deux visages pareillement absorbés par l'attrait du jeu. Assis par terre, « Incurable Mélancolie » pleurnichait entre ses genoux osseux.

Le vieux Noir qui servait périodiquement de cible à la démence de Trent se cacha sous son banc lorsque ce dernier, qui le cherchait, passa de son pas conquérant.

— Où est passé le sale négro qui veut épouser ma fille ?

Boden froissait avec désespoir une feuille de papier à dessin. Il avait oublié son fusain et n'arrivait pas à se rappeler où il l'avait laissé.

Le long corridor était tout grouillant des déchets incohérents du cerveau humain et les affreux cauchemars serpentaient sur le sol.

Johnny Barrett sursauta soudain et regarda fixement le creux de sa main.

Une goutte d'eau y scintillait comme un joyau.

Il recommençait à pleuvoir !

*

— Cathy, je crois qu'il serait préférable que vous suspendiez provisoirement vos visites. Elles vous font plus de mal que de bien.

— Je vous en prie, docteur Cristo. J'ai besoin de le voir, de m'assurer qu'au moins, il est toujours vivant.

— Vous savez que c'est mauvais pour vous. Une hypersensibilité qui se manifeste vis-à-vis de l'état mental d'une personne aimée est le premier pas vers…

Cathy se cramponna des deux mains au rebord du bureau. Sa poitrine palpitait, toute sa féminité se révoltait. Lorsqu'elle parla, Cristo sentit l'effort qu'elle faisait pour que sa voix reste calme, normale.

— Ça m'est égal, docteur. Je veux voir Johnny. Il faut

que je le voie. Et fichez-moi la paix avec Freud ! J'en ai par-dessus la tête de Freud…

— Très bien, comme vous voudrez. Mais rappelez-vous ce que je vous ai dit. Ne venez plus ici… Du moins, pas avant que nous n'ayons fait quelques progrès.

— N'essayez pas de me donner le change, docteur, protesta Cathy avec un rire amer. Vous n'avez aucun espoir de le guérir, n'est-ce pas ?

Le docteur Cristo ne répondit pas. Il se leva et fit signe à Cathy de le suivre. Elle ouvrit son sac et chercha son bâton de rouge, mais elle y renonça avec un geste de découragement.

À quoi bon se faire une beauté ? Johnny ne voyait pas son visage et l'aurait-il vu qu'il ne s'y serait pas intéressé. Johnny Barrett ne voyait plus rien, ne s'intéressait plus à rien.

Les yeux secs, d'un pas raide, elle suivit le docteur. Il la conduisit à « La Rue »… Mais maintenant, elle aurait pu s'y rendre les yeux fermés.

Cathy, « l'effeuilleuse chantante », n'était plus qu'un automate dont les talons claquaient sèchement sur le carrelage.

*

Ils n'auraient pas pu choisir de pire moment pour venir voir Johnny Barrett.

Il se débattait au beau milieu des affres de son cauchemar.

Assis sur un banc, la tête renversée en arrière, le visage convulsé, ruisselant de sueur, l'air hagard, il poussait des cris stridents. Personne ne lui prêtait la moindre attention, pas même les infirmiers. Ses hurlements se mêlaient au brouhaha caractéristique de « La Rue ».

Cathy voulut fermer les yeux, mais elle en fut incapable. Elle serait tombée si le docteur Cristo ne lui avait pas tendu le bras à temps.

Le corridor vacilla, scintilla, puis reprit son aspect normal.

Cathy était fascinée par le spectacle qui se déroulait devant elle, par cette étrange galerie où les natures mortes voisinaient avec des scènes de bataille, par ce musée fantomatique où des spectres gris voletaient, s'agitaient et jacassaient follement sous la rampe lumineuse du plafond qui semblait se prolonger à l'infini.

« La Rue », ce long couloir qui ne conduisait nulle part, était de nouveau en pleine activité.

Cathy ne voyait pas l'orage de Johnny, mais elle savait qu'il pleuvait à verse, puisque c'était lui qui l'affirmait…

LA CLÉ

— Cathy, le seul moyen que nous ayons de soulager John, c'est d'en apprendre davantage sur son compte. Par votre entremise. Vous comprenez bien ça, n'est-ce pas ?

Le docteur Cristo s'exprimait d'une voix patiente. Chacun de ses mots tombait comme un petit caillou qui trouble à peine la surface d'une eau dormante. Cathy se trouvait assise devant lui, lointaine, immobile. Un zombie. Un zombie magnifique et désespéré.

— Oui, docteur, je comprends.

— Parfait. Maintenant, faites un effort de mémoire… Est-ce que John vous a jamais caressé les cheveux ? C'est-à-dire… Voyons… Est-ce qu'il lui arrivait parfois de les toucher comme s'il était excité par leur contact, par leur longueur ?

Elle le regarda comme s'il lui avait parlé dans une langue inconnue.

— Je ne vois pas à quoi vous faites allusion…

— À vos nattes.

— Je n'ai jamais porté de nattes.

Elle avait haussé le ton, troublant l'atmosphère feutrée du cabinet. Le docteur Cristo ne la quittait pas des yeux.

— Allons, réfléchissez bien. Il n'y a pas eu une période où John caressait vos cheveux, les embrassait avec passion ? Ce geste pourrait être la clé d'un mystère remontant à son enfance…

Cathy rejeta la tête en arrière et sa somptueuse chevelure retomba en cascade d'or sur ses épaules.

— Bon, il aimait mes cheveux. Et alors ? À quelle porte ça pourrait bien servir de clé ?

Doc Fong, le docteur Menkin, le docteur Cristo… Toutes ces questions, soigneusement apprises par cœur au début, étaient devenues si tragiquement réelles pour Johnny… Et voilà que les mêmes questions recommençaient, mais cette fois, c'était à elle qu'on les posait.

— La clé… répéta Cathy d'une voix morne.

De l'autre côté de la porte du docteur Cristo, le corridor attendait…

FIN

Cet ouvrage a été composé
par Infoprint.
Reproduit et achevé d'imprimer sur Roto-Page
par l'Imprimerie Floch à Mayenne
le 20 mai 1996.
Dépôt légal : mai 1996.
Numéro d'imprimeur : 39600.
ISBN 2-07-049625-2 / Imprimé en France.

76817